Le silence des gargouilles

Couverture : 123RF. Adobe stock.

ISBN : 9782914028295

Christine de Beauregard

Le silence des gargouilles

LATITUDE SUD

She takes just like a woman, yes, she does
She makes love just like a woman, yes, she does
And she aches just like a woman
But she breaks just like a little girl

Bob Dylan, *Just like a woman*
Album *Blonde on blonde*

À mon ami Jean-Jacques Betz
sans qui ce livre n'aurait pas vu le jour.

21 septembre 2016
Guillemette

Jaouad jeta un coup d'œil à travers les carreaux de la porte de service : la pluie ininterrompue depuis la veille semblait vouloir enfin cesser. Les gargouilles de la cathédrale gouttaient encore çà et là et les pavés de la place Pey-Berland luisaient d'humidité, mais le moment lui sembla propice à une tentative de sortie. Le plongeur empoigna les deux rebords de la poubelle et la fit rouler jusqu'à l'emplacement réservé à la brasserie *Rohan*. Un tas sombre au pied de la cathédrale attira son regard, peut-être un chien blessé par un cycliste… Un chien bizarre quand même, avec des cheveux bouclés. À cette heure matinale, ce n'étaient pas les joints qui troublaient sa vue, il fallait aller voir de plus près.

Jaouad s'approcha de ce qui était, sans plus aucun doute, un corps dont la tête reposait sur un coussin rouge, un coussin de sang lavé par la pluie qui s'étiolait en longues rigoles rougeâtres comme une étoile de mer. Étonnant, ce pantin disloqué aux bras en croix, comme le Christ de cette satanée cathédrale Saint-

André dont la masse imposante faisait de l'ombre à Jaouad quand il allait, à la pause, fumer sa clope à l'heure où les cadences en cuisine ralentissaient un peu. Elle l'avait toujours impressionné cette bâtisse, avec ses gargouilles grimaçantes crachant la pluie sur les passants, ses corps torturés du Jugement dernier et ses apôtres sévères. Jaouad n'en menait pas large en s'approchant du corps, le visage se précisait sous les boucles poissées de sang, c'était le jeune tailleur de pierres qui gisait là. Un bon garçon, avec lequel il échangeait volontiers quelques mots et quelques cigarettes si, par hasard, celui-là descendait de son perchoir quand lui-même sortait un peu la tête de ses bacs de vaisselle sale.

Un coup d'œil vers l'échafaudage solidement cramponné aux murs de la cathédrale, un coup d'œil sur la place vide à cette heure matinale, vite il fallait appeler du secours même si, incontestablement, pour ce pauvre petit gars la messe était dite.

La tête enfouie dans l'oreiller, Guillemette Iribarne luttait pour se raccrocher à ses rêves, peu à peu repoussés dans les limbes par la stridente sonnerie du téléphone… Il allait falloir penser à en changer pour une autre moins stressante, Melody Gardot peut-être ? Au bout du fil, son second, Jérôme Bazin, la pressa de le rejoindre au commissariat. Elle sauta, songeuse, sous la douche : un cadavre tout frais à Bordeaux, ça n'était pas chose courante, enfin de quoi briser un peu la monotonie du quotidien, infractions au Code de la route, querelles de voisinage, violences conjugales et autres joyeusetés. Elle enfila un jean, un pull confortable, des boots résistant à la pluie puis emprisonna rapidement ses cheveux châtains dans une petite queue-de-cheval.

Et, décrochant son imperméable du porte-manteau, elle fila rejoindre son coéquipier.

Le commissariat bruissait d'une agitation inhabituelle. Même ce pauvre Jérôme, d'une nature si placide, courait de l'un à l'autre, le visage rougi par l'excitation, le cheveu hirsute. Lui aussi était tombé du lit se dit Guillemette en regagnant son bureau. L'équipe au grand complet l'y rejoignit rapidement : Jérôme, la quarantaine guillerette, œil pétillant et barbe soignée, de loin le plus fin limier de la bande, Louis, le plus âgé, traînant derrière lui une morosité qui ne se démentait jamais, l'œil rivé sur son décompte de mois de retraite, Léa, blondinette androgyne, la benjamine, timide encore mais pugnace, une bonne recrue.

Très vite Jérôme fit le point : un cadavre, pas de témoin. D'après la déclaration du plongeur de la brasserie, il s'agirait d'un artisan travaillant sur le chantier de restauration de la cathédrale. *A priori*, tombé de l'échafaudage accroché à la partie la plus dangereuse de l'édifice, l'une des deux tours nord, surplombant la ville de ses soixante-cinq mètres de hauteur.

— Allez, on file là-bas, ordonna Guillemette à son équipe, et toi, Jérôme, préviens le légiste pour qu'il nous retrouve sur place.

— Déjà fait, patron, le procureur l'a contacté en même temps que nous, il doit même être sur les lieux à cette heure.

Louis prit le volant, Guillemette s'installa à ses côtés, Léa et Jérôme s'enfournèrent à l'arrière et la vieille Clio de fonction démarra en trombe vers la cathédrale. Quand ils arrivèrent sur place, une pluie fine recommençait à tomber, donnant triste mine à ce premier jour d'automne. Un cercle de badauds s'était déjà rassemblé autour du jeune homme, commerçants de la place, passants hébétés, touristes silencieux à part trois Chinoises, bonnets sur la tête et jupettes plissées, qui faisaient écho par leurs cris aigus aux sirènes de la police et des pompiers.

ELLE était là, silhouette menue, poings serrés dans les poches de son sweat-shirt, capuche rabattue sur la tête. Jouant des coudes, ELLE se faufila en première ligne, tout près du cadavre. De grosses larmes, brusquement, roulèrent sur ses joues.

Guillemette bondit hors de la Clio, ouvrant un large parapluie pour se protéger. Un temps au diapason de l'événement pensa-t-elle, émue devant le cadavre de cet homme jeune dont on devinait encore, malgré ses blessures, qu'il fut beau.

— Diagnostic, toubib ?

— À première vue, fractures multiples, en particulier les vertèbres cervicales, ce qui lui a été fatal. Il a voulu imiter Icare mais ce ne sont certainement pas les rayons du soleil qui lui ont fait perdre ses plumes, à ce bel oiseau, car la mort doit se situer entre deux et six heures du matin.

— Bon sang, une chute de son échafaudage en pleine nuit, tout ça n'est pas très catholique ! Je veux bien croire qu'il aimait faire des heures supplémentaires mais la conscience professionnelle a quand même des limites ! Que penses-tu de tout ça, Jérôme ?

— Si on écarte l'hypothèse de l'accident de travail, ne restent que les possibilités d'un suicide ou d'un crime. Je connaissais de vue ce garçon, nous nous croisions parfois au bar de la brasserie *Rohan*, plutôt sympa, passionné par son boulot et du genre à plaire aux filles. D'emblée, j'écarterais l'idée du suicide, pas le profil de ce coco-là !

— Bon, nous voilà avec du pain sur la planche : Louis, tu fouines un peu dans la vie de ce gars, identité, résidence, amis… Jérôme, tu te charges du plongeur de la brasserie, de tous ceux qui peuvent t'en dire plus sur son travail à la cathédrale et tu passes au crible les alentours. Léa, tu parles au curé, à ses copains artisans, tu fais l'enquête de voisinage, bref la routine. Je rentre à pied, j'ai besoin de réfléchir. Tout le monde au rapport ce soir dans mon bureau, dix-sept heures dernier délai. Et vous autres, lança-t-elle aux policiers venus en renfort sur place, dépêchez-vous d'évacuer et de sécuriser la zone !

Laissant ces derniers dresser l'habituelle barricade de draps blancs autour du corps désarticulé afin de le cacher aux curieux et de préserver la scène de crime, Guillemette, remontant le col de son imperméable pour se prémunir du vent frisquet qui s'était mis sournoisement à souffler, partit d'un bon pas vers la rue des Remparts. Elle trouva asile dans la pâtisserie la plus réputée du quartier. Confortablement installée sur une banquette en velours du salon fuchsia, grignotant sans réel appétit un cannelé, chauffant ses mains sur la tasse en porcelaine où fumait un épais chocolat chaud, elle laissa ses émotions prendre le dessus. De la violence au cours de sa carrière, certes, elle en avait vu sous toutes ses formes ; des enfants maltraités, des vieillards rackettés par leurs proches puis abandonnés dans la plus misérable solitude, des femmes battues, des jeunes filles violées, des adolescents mis en charpie par une bande de voyous pour une montre ou un téléphone, oui, tout ça défilait dans son commissariat. Mais un meurtre, ça secouait davantage. Sans compter que le jeune tailleur de pierre avait quelque chose d'un ange avec ses cheveux bouclés, un ange tombé du ciel au pied d'une cathédrale. Une tragédie teintée de poésie qui lui rappelait ses cours de littérature antique. Tragédie dont les seules spectatrices étaient les gargouilles murées dans leur silence.

Elle avait eu bien peu de crimes à résoudre dans sa carrière, à Saint-Jean-de-Luz où elle résidait avant de quitter l'océan pour les vignes. L'amour fait prendre de drôles de décisions et la détermination de son mari avait eu raison de toutes ses réticences. On ne peut décemment pas demander à un viticulteur de quitter ses terres, c'est donc elle qui avait empilé ses affaires dans un carton, salué une dernière fois ses collègues autour d'un buffet abondamment arrosé de quelques bonnes bouteilles d'irouléguy et pris la route de Bordeaux pour une nouvelle vie pleine de promesses.

Si Saint-Jean-de-Luz lui manquait parfois, elle devait bien avouer qu'elle avait trouvé en Gironde la chaleur humaine de tous les amis de son mari qui l'avaient accueillie avec bonhomie et affection, une maison charmante où poser ses livres et sa collection de pots et, plus que tout, les bras solides et tendres d'un mari dont elle avait apprécié chaque jour davantage les qualités. Qualités qu'une plus jeune et plus belle qu'elle avait, un jour, su également apprécier, hélas !

Elle aurait pu repartir, tenter de se faire muter ailleurs, mais elle était finalement restée à Bordeaux, seule dans un petit appartement au dernier étage d'une des belles maisons du dix-huitième siècle qui constituaient le joli quartier classé de la capitale aquitaine. Nostalgique, attachée à ses souvenirs, espérant qu'un jour la vie repasserait les plats. Au fond d'elle, elle savait bien que cela ne risquait pas d'arriver. C'était une sentimentale et une rêveuse, pas le profil idéal pour un flic. Heureusement, elle avait de l'instinct et une intuition que tous ses collègues lui reconnaissaient.

Le brouhaha causé par un groupe de lycéennes gourmandes la tira de sa rêverie. L'image du corps disloqué du jeune homme s'imposa à nouveau à elle alors, insidieusement, un autre sentiment peu à peu l'envahit : l'excitation, oui une vive excitation face à ce défi inhabituel qui allait la sortir un peu de la tiède routine. À Saint-Jean-de-Luz et lors de ses débuts à Bordeaux, elle n'était que lieutenant mais, promue depuis peu capitaine, elle devait faire ses preuves et montrer aux autres, et tout d'abord à elle-même, de quoi elle était réellement capable.

Laissant la monnaie sur la table, elle reprit vivement son trench-coat et sortit en trombe, impatiente de regagner le commissariat où ses coéquipiers auraient peut-être déjà apporté un peu de grain à moudre.

Auprès de la cathédrale, la vie avait repris son cours habituel. Les visiteurs déambulaient à nouveau devant la porte royale et vers les somptueux vitraux dont la lumière intemporelle et douce leur permettait d'oublier le sombre drame évoqué seulement par quelques banderoles rouges et blanches délimitant la zone.

Un an plus tôt
Septembre 2015
Jessica

Le moins qu'on puisse dire, c'est que la position était inconfortable. Contorsionné sur son échafaudage, à plus de soixante mètres du sol, Yann réajustait un morceau de la gueule d'une gargouille sur le reste de la sculpture qui semblait jaillir du mur comme une bête sauvage attaquant sa proie. Il lui avait fallu plusieurs heures pour façonner dans son atelier la partie manquante et, maintenant, le plus délicat restait à faire. Sa main devait être sûre, son geste précis, Yann savait qu'il n'avait pas droit à l'erreur. Un peu de mortier fabrication maison, une application sans bavure, une dernière pression ; se reculant de quelques centimètres il put enfin contempler le résultat de son travail... Pas mal, vraiment pas mal, la gargouille avait retrouvé son intégralité et toute sa beauté d'antan.

Chaque jour passé dans cette cathédrale Saint-André lui confirmait davantage que son choix de faire sa formation chez les Compagnons avait été le bon. Rares étaient ceux qui, comme lui, accédaient à des chantiers aussi passionnants que celui de la restauration de la Porte royale de la cathédrale dont il était désormais responsable. Une consécration pour un homme si jeune. Ses trente-trois ans ne pesaient pas lourd lors de la compétition qui l'avait opposé à d'autres candidats à ce poste, beaucoup étaient plus âgés et plus chevronnés, mais son savoir-faire et son talent l'avaient emporté. Il en tirait de la fierté, bien sûr, mais surtout une vive reconnaissance vis-à-vis de ceux qui l'avaient accompagné jusque-là, en particulier Victor Lacoste, son patron, un maître chez les Compagnons, un type super qui avait filé la boîte à ses ouvriers, qui lui avait tout appris, qui lui avait fait confiance.

Il faut dire qu'il revenait de loin.

Il n'aimait pas l'école mais on y était mieux qu'à la maison, là-bas, dans le Médoc où le père, après ses cinq litres de rouge, frappait volontiers tous ceux qui passaient à sa portée. Sa mère, surtout, en faisait les frais et il ne comptait plus les jours où, pour ne plus entendre les cris, il s'échappait vers les vignes ou la forêt, arpentant des kilomètres de sentier, casque sur les oreilles, les poings serrés, les jambes douloureuses, la bouche ouverte pour aspirer l'air aux effluves de feuilles en décomposition, de mousse et de champignons, comme un asthmatique aspire l'oxygène de son aérosol. Il s'était tu, beaucoup trop. Il était devenu taciturne et silencieux, il l'était resté. Un taiseux.

Il aimait la musique des années soixante-dix et dévorait les vieux fanzines, collectionnait les *Best* ou les *Rock & Folk* qu'il retrouvait dans les brocantes. Les accords électriques de Led Zeppelin, de Jimmy

Hendrix, des Who, les voix sensuelles de Jagger et Robert Plant s'instillaient doucement dans son corps, le transportant vers des contrées lumineuses et irréelles. Il s'était mis à la guitare grâce à un vieux copain du lycée qui avait fini par lui donner la sienne. La techno, les DJ, le laissaient de marbre et rien ne lui plaisait plus que cette époque du rock, si libre et créative, époque qu'il était trop jeune pour avoir connue. Il idéalisait sans doute beaucoup ces temps passés, mais ses rêves étaient toujours plus beaux que sa propre réalité, sa vie sans relief et celle, affligeante, de ses parents entre soumission et beuveries.

Un jour, une de ses marches l'avait conduit à la lisière de la forêt, face à une étendue infinie de terre grise et caillouteuse soigneusement peignée en rangées de ceps cramponnant les fils de fer de leurs nombreux sarments. Sur la droite, une majestueuse et étonnante demeure dominait les vignes : le château Cos d'Estournel. Il se moquait bien des aventures de Louis-Gaspard d'Estournel, un rusé qui avait fait fortune aux Indes grâce à la qualité de son vin bonifié par les longs mois de voyage en bateau. Mais ces pierres ocre lui parlaient. Immédiatement, c'était l'architecture de la maison, les sculptures ornant çà et là la façade et, plus encore, les pagodes chinoisantes surmontant les chais qui l'avaient interpellé. À ce moment précis, comme un éblouissement, sa vocation venait de naître.

Si, en classe, il n'écoutait pas beaucoup, passant son temps à griffonner dans les marges de son cahier, deux matières l'avaient profondément marqué. Sa créativité s'était révélée pendant les cours d'art plastique, jamais il n'était plus heureux qu'en traçant des traits, en jouant avec les couleurs, en malaxant les matériaux les plus divers pour leur donner une forme, une vie. Et de ses cours d'Histoire, il avait gardé un appétit inextinguible pour l'époque médiévale, dévorant dès qu'il le pouvait tous les livres que son professeur lui confiait. Une personne bienveillante qui avait cru en lui envers et contre tout et l'avait soutenu jusqu'à l'entrée dans la voie professionnelle chez les Compagnons du Devoir.

Et là s'était ébauchée une certitude, celle qu'il deviendrait le meilleur tailleur de pierre de la région. Une idée fixe qui l'avait porté durant tout son compagnonnage, qui l'avait soutenu dans les épreuves souvent rudes de son tour de France, qui l'avait hissé jusque-là, sur cet échafaudage d'où il pouvait contempler la ville sagement blottie aux pieds de sa cathédrale.

Sa première paie de compagnon tailleur était passée dans une vieille guitare Fender puis, avec le temps, il avait fini par acquérir une guitare de collection qu'il entourait de soins quasi amoureux. Une Gretsch de 1956, pour laquelle il avait raclé les fonds de tiroirs et même plus, empruntant ce qui lui manquait à Victor Lacoste. Un petit bijou déniché à la salle des ventes de la ville, lors d'une vente aux enchères au cours de laquelle il avait failli s'écharper avec un gros dur du coin, un gars antipathique du nom de Wagner, le *leader* d'un groupe de rock identitaire local. Pour Yann, un groupe de fachos et de mauvais musiciens. Des violents, des casseurs de guitare mais pas seulement. Il avait remporté la Gretsch à cent euros près, laissant le Wagner écumant dans sa rage.

Une sonnerie stridente le sortit brutalement de ses pensées, le visage mutin de Jessica s'afficha sur son iPhone.

— Salut, beau gosse ! On se voit aujourd'hui ?

— Salut Jess, tu vas bien ?

— Pas mal. J'ai séché les cours, j'avais la flemme…

— Ah, c'est malin, ça ! Tu sais bien ce que j'en pense.

— Ça va, pour les leçons de morale, j'ai déjà mes profs, alors laisse tomber. Je te rejoins chez toi ce soir ?

— D'accord, mais pas tôt parce que j'ai encore beaucoup de travail. D'ailleurs, puisque tu n'as rien à faire aujourd'hui, je ne serais pas contre l'idée d'un petit dîner. Tu sais où sont les clés, je te laisse carte blanche !

— Profiteur, va. Tu as de la chance que j'aime ça !! À ce soir alors.

La nuit tombait presque lorsque Yann poussa le portail de ce que les gens du coin, et lui-même, appelaient *La friche*. C'était, en effet, une ancienne friche industrielle composée de plusieurs bâtiments d'importance inégale au milieu desquels trônait une cheminée en briques, dernier vestige de l'époque glorieuse où la fabrique de verre, installée là, battait son plein. Délaissant la petite maison à gauche de l'entrée et les entrepôts situés en retrait, Yann avait investi la fabrique elle-même, en bordure de la Garonne, transformée en loft par d'ingénieux architectes. Du rez-de-chaussée, il avait fait son atelier, vivant à l'étage où les piliers de béton et les poutres métalliques, alternant avec d'immenses baies vitrées, structuraient harmonieusement l'espace tout en laissant abondamment entrer la lumière.

Derrière le bar en zinc qui délimitait le coin cuisine, Jessica s'affairait au-dessus d'une marmite d'où s'échappait un appétissant fumet. La sono diffusait à plein volume la voix nasillarde de Bob Dylan. Silencieusement, il s'approcha de la jeune femme et se plaqua contre elle, le nez dans ses cheveux bruns qui frisottaient en cascade jusqu'au milieu de son dos. Sans un mot, sans un geste, ils laissaient leurs corps se reconnaître, se parler, s'aimanter. Yann souleva alors son tee-shirt, caressant ses seins, d'une incroyable douceur. Puis laissant ses mains s'aventurer plus bas, il commença à tanguer doucement, entraînant dans son mouvement le corps souple de Jessica. *She's just like a woman* susurrait Dylan et déjà, portés par un désir fulgurant, ils ne faisaient plus qu'un.

Allongé sur son lit sommaire, Yann regardait Jessica dormir. Bien calée sur le côté, les jambes mêlées aux siennes, elle respirait paisiblement avec cet air d'innocence qui le charmait et le désarmait… Un petit animal sauvage qui, contre lui, se sentait en toute confiance. Sa peau mate et soyeuse luisait dans la pénombre et la courbe de ses hanches se détachait en ombres chinoises sur le drap clair. Souvent, quand elle dormait, il la dessinait à son insu sur un petit carnet, il avait même commencé une sculpture d'après ses croquis. Un buste, presque terminé d'ailleurs.

Il aimait ces moments où, dans la lumière vive de son atelier, il se retrouvait seul face à la pierre brute, prêt à enfanter avec cette excitation qui remontait du plus profond de son être, de ses propres tripes, jusqu'à ses doigts agiles, vecteurs incontrôlables entre lui-même et sa création.

Le buste de Jess, il en était plutôt fier. Dans la pierre blonde, il avait réussi à restituer non seulement la beauté de ses traits fins et réguliers mais aussi sa sensualité animale.

Il était fou d'elle, malgré la différence d'âge, malgré tout ce qui les séparait, malgré la raison.

Il l'avait rencontrée par hasard, par une belle journée de juillet, à l'étang de Laubian. Parfois les contraintes du quotidien lui pesaient et son humeur morose l'isolait des autres, collègues ou amis. Alors, il prenait sa vieille Méhari, cadeau qu'il s'était fait pour ses trente ans, et filait là-bas pour trouver dans cet espace sauvage et silencieux un peu d'apaisement.

L'étang déroulait ses eaux paresseuses sur neuf hectares au pied d'un imposant château. Ses berges bordées de joncs et de saules aux racines emmêlées servaient de refuge à une faune fournie, poules d'eau, ragondins, canards et autres martins-pêcheurs. Yann avait l'habitude de se réfugier dans une petite cabane aux planches disjointes, à la peinture jaune pâle écaillée par endroits, au toit de bardeaux couvert d'une mousse grisâtre. Un ponton, auquel une vieille barque était arrimée, avançait sur l'étang. Franchissant en grandes enjambées les hautes herbes et les ronces, Yann, apaisé déjà par l'odeur fade des eaux semi-stagnantes imprégnées de vase, fut surpris ce jour-là, en s'approchant de son refuge, de voir la porte entrouverte. Jamais personne, jusqu'alors, n'avait violé ce qu'il considérait comme son sanctuaire. Traversant l'unique pièce de la cabane, sombre et encombrée d'objets hétéroclites, nasses, cannes à pêche, transats vermoulus, tous recouverts d'une fine couche de poussière, Yann surgit, furieux, sur le frêle ponton. Aveuglé par la lumière du soleil, il mit quelques secondes avant de découvrir, lascivement allongée sur le bois chaud, une toute jeune fille.

— Non mais, ne vous gênez surtout pas, hoqueta Yann avec rage.

— Pardon? Quel est le problème? répliqua crânement la fille.

— De quel droit venez-vous envahir ma cabane?

— Votre cabane? Il va falloir vous calmer, mon petit monsieur. Au risque de vous décevoir, je vous rappelle que ce tas de planches est à tout le monde. C'est un observatoire pour les oiseaux migrateurs, au cas où vous l'auriez oublié, et la mairie de Beaulieu l'a racheté il y a peu à cette pimbêche à chignon qui possède le château et les terres alentour. Si vous êtes de sa famille, dommage pour vous!

À court d'argument, Yann ravala sa colère. Il ne savait quelle attitude adopter: repartir *illico* chez lui ou reconnaître qu'elle était en droit, tout autant que lui, de profiter du calme majestueux des lieux. Ses pensées furent interrompues par le brusque mouvement que fit la jeune fille pour se lever et plonger agilement dans les eaux vertes. En quelques secondes, au rythme d'un crawl impeccable qui laissait entrevoir à intervalles réguliers son corps parfait, elle fut au centre du lac d'où elle lui adressa un signe de la main narquois. En guise d'apaisement, il agita la main à son tour et s'assit contre le mur chaud, fermant les yeux pour se détendre. Très vite, un clapotis l'alerta que la fille revenait vers la cabane. Elle empoigna l'échelle et se hissa prestement sur le ponton. L'eau ruisselait sur sa peau cuivrée, elle s'ébroua comme un jeune chiot, auréolant sa tignasse brune et frisée d'une couronne de gouttelettes qui scintillaient dans le soleil. De la beauté à l'état pur qui l'émut. Pour cacher son trouble, il reprit la conversation:

— Vous êtes de la région ? demanda-t-il sur un ton plus affable.

— À votre avis ? répliqua-t-elle, moqueuse.

— Oui, évidemment. Mais peu de gens connaissent ce coin tranquille. Vous m'étonnez. Je n'imaginais pas une jeune fille de votre âge s'aventurant seule au milieu des broussailles pour le simple plaisir d'offrir son corps à la caresse du soleil.

— C'est donc que vous ne connaissez pas les filles de mon âge ! Prêtes à tout pour un joli bronzage !!

— Et quel âge avez-vous ?

— Dix-huit ans. Tout pile. Depuis le treize juillet. Trois jours à peine. Et vous ?

— Oh, moi, je suis un vieux monsieur à côté de vous : j'aurai trente-trois ans en décembre. Ça doit vous paraître beaucoup !

— Bof ! Pas tant que ça. Chez moi les filles se marient tôt, et souvent avec des hommes plus âgés. Pour le moment j'ai réussi à y échapper car je poursuis mes études. C'est rare, dans ma famille.

— Pourquoi, qu'a-t-elle donc de particulier, votre famille ?

— Nous sommes des gens du voyage, des gitans, si vous préférez. Nous occupons un petit terrain en bordure de l'étang, sur la propriété de madame Fontanelle, vous savez, cette vieille bique qui nous sert de maire. C'est à elle qu'appartenait la cabane. Au début, il y a une dizaine d'années, quand nous avons installé nos caravanes là, c'était juste un endroit insalubre, trop près de l'eau et de ses nuées de moustiques. Par bonté d'âme, comme elle aime à le rappeler dans ses discours officiels, elle nous a laissés squatter son terrain pourri. Maintenant, nous avons deux mobile-homes en plus de nos caravanes.

Ce n'est pas le Pérou mais nous avons presque l'impression d'être chez nous, vous comprenez ?

Yann hocha la tête en signe d'acquiescement. Il avait entendu parler de ce camp de gitans, pas toujours en bien d'ailleurs. Les braves gens sont toujours méfiants envers ceux qui ne leur ressemblent pas. Parfois il se remémorait *Les Bijoux de la Castafiore* et pour lui, c'était ça, un campement de gitans : roulottes, familles rassemblées autour du feu, guitares. Cette jeune fille lui laissait entrevoir une autre réalité, plus moderne et plus sombre à la fois. Méfiance et peur, voilà ce que sa communauté inspirait encore aujourd'hui… Malgré la sédentarisation, malgré la scolarisation de leurs enfants…

Brusquement la brunette bondit sur ses pieds et rassembla ses affaires dans un sac de toile, en quelques gestes rapides et efficaces, puis elle enfila sur son corps svelte une petite robe en coton bleu, chaussa des ballerines et le salua rapidement. Yann, surpris, n'eut que le temps de bondir à son tour pour la raccompagner jusqu'à l'entrée de la cabane.

— Mais vous ne m'avez pas dit votre nom !

— Jessica Torrès, lança-t-elle sans se retourner.

— Et moi c'est Yann

— Je sais.

— Ah bon ? Nous nous reverrons ?

— Pas de souci, faites-moi confiance, je vous retrouverai, lui promit-elle avant de disparaître derrière les frondaisons.

Et elle avait tenu promesse.

Près d'une semaine après cette rencontre fortuite, alors qu'il jouait de la guitare lors d'une soirée musicale organisée à la brasserie *Rohan*, il l'avait aperçue dans le fond de la salle, attablée avec deux garçons plutôt débraillés et bruyants. Il réalisa soudain qu'il l'avait déjà vue, attentive et enthousiaste, à plusieurs de ses concerts. Il comprit alors pourquoi elle connaissait son prénom. Être pleinement conscient de sa présence décupla son inspiration, il voulait lui plaire, il voulait l'épater. Occupant tout l'espace de la petite scène, mettant en scène son corps musclé gainé de cuir noir, il tira de sa Gretsch des accords fulgurants, des accords gémissants, des stridences inouïes, il fit durer ses solos mieux que Mark Knopfler, mieux qu'Hendrix ou Santana en personne. Sa guitare était sa voix, sa guitare était son cœur, sa guitare était son sexe. Elle ne s'y trompa pas. Elle l'attendit à la sortie de la brasserie et sans aucune hésitation vint se coller à lui, posant ses boucles brunes sur son épaule. À travers le cuir, il sentait la chaleur de son corps, en devinait la souplesse et la fermeté. N'y tenant plus, il l'entraîna vers la cathédrale dont il connaissait chaque encoignure pour y avoir travaillé depuis quelques semaines déjà. À l'abri des regards, il la plaqua contre une vieille porte et ils s'aimèrent là, pour la première fois, dans l'odeur du bois et de la pierre froide.

À partir de ce jour, il l'avait dans la peau, il l'avait dans la tête. Elle ne quitta plus ses pensées.

Septembre 2016
Victor

Accoudée à son bureau encombré de dossiers, de cartes, de carnets, Guillemette mâchouillait le bout de son crayon à papier. Le commissariat bruissait de l'agitation habituelle, portes qui claquent, invectives des poivrots ramassés dans la rue, ronron de la photocopieuse, chuintement de la machine à café. Parfois elle aurait aimé que son bureau soit capitonné pour réussir à réfléchir en toute tranquillité mais, le plus souvent, ce bruit de fond la rassurait. Ce commissariat, c'était un peu son refuge, loin des pensées noires qui, par moments, la submergeaient.

Malgré elle, malgré les urgences qu'elle aurait dû traiter en priorité, elle ne pouvait s'empêcher de revenir sans cesse au cas de ce petit tailleur de pierre.

Vers dix-sept heures, l'équipe s'était réunie dans son bureau. Chacun s'était acquitté de sa tâche, avec plus ou moins de succès.

Léa avait rencontré le curé, un brave homme qui officiait en l'absence de l'évêque. Avec beaucoup de logique, il lui avait fait remarquer qu'en général il était à l'intérieur de l'édifice quand Yann, lui, œuvrait en dehors. Il avait malgré tout échangé à plusieurs reprises avec ce garçon, cultivé et vif... Agnostique, certes, mais curieux et toujours prêt à polémiquer avec l'homme d'Église, à la brasserie proche, devant un petit café. Un être profond mais dont la part d'ombre occultait trop souvent la lumière. La fliquette n'avait rien pu en tirer d'autre.

Les collègues tailleurs ne s'étaient montrés guère plus bavards. Ils dressaient tous de Yann un portrait en demi-teinte, un artisan très doué, brillant même, mais pas très expansif ni vraiment sympathique. Exigeant envers lui-même tout autant qu'envers les autres. Et qui ne badinait pas avec les consignes de sécurité. En tant que responsable du chantier, il vérifiait chaque jour non seulement l'équipement de ses gars mais aussi la mise en sécurité de l'échafaudage.

Un taciturne, en tout cas, ce qui plaisait aux filles toujours prêtes à flasher sur l'inaccessible. Depuis plusieurs mois, il en pinçait pour une petite, ce que confirmait le personnel de la brasserie. Mais on l'avait peu vue. Une fille belle et jeune, c'est sûr, dont personne finalement ne pouvait donner l'identité.

Léa avait appris aussi que le tailleur était, à ses heures perdues, un guitariste de talent. Il donnait à l'occasion des concerts à la brasserie Rohan mais se produisait régulièrement dans une salle près de chez lui, dans l'Entre-deux-Mers, dans la petite ville de Créon. Elle avait réussi à obtenir l'adresse exacte de son domicile, il ne restait plus qu'à y faire un petit tour.

Jérôme, après avoir questionné le plongeur, encore bouleversé par le choc matinal, mais aussi les commerçants du voisinage, en était arrivé aux mêmes conclusions. Rien de probant. Il avait donc décidé d'inspecter plus attentivement les lieux du drame. Les échafaudages couvraient un côté de la cathédrale, de la porte royale à l'abside ; porte royale car c'est par elle qu'étaient ressortis Louis XIII et Anne d'Autriche après leur union en grande pompe dans l'imposant édifice. Celui-ci avait été construit en calcaire de la région, une pierre blonde mais qui supportait mal les attaques de la pollution urbaine. Une grande campagne de ravalement avait donc débuté dans les années 2000 et se poursuivait encore. Parallèlement avait été entreprise la restauration des sculptures. Cette cathédrale aurait pu être une œuvre de Christo, avec son emballage métallique permanent !

Avant même d'aller plus loin, Jérôme avait remarqué sur un coin de la palissade, qui protégeait l'échafaudage du va-et-vient des passants, un drôle de graffiti en lettres gothiques noires et sang : *Le Sursaut*. Il nota ce détail sur son carnet puis partit, bravement, à l'assaut de la construction métallique. Le chef de chantier adjoint, la soixantaine alerte, lui fit mettre un casque puis enfiler des chaussures réglementaires et des gants, trouvés en urgence. La prudence était de mise, un mort dans la journée, c'était largement suffisant ! Suivant pas à pas son guide, il gravit les différents étages de l'échafaudage, évitant de regarder vers le bas où les curieux prenaient progressivement la taille des Playmobil de son enfance. Ils atteignirent enfin l'ultime plateforme. Jérôme n'en menait pas large. Inspectant minutieusement chaque barre, chaque écrou, évitant soigneusement de s'approcher trop près du trou béant par lequel Yann avait chuté, le responsable du chantier revint vers Jérôme la mine soucieuse.

— Pas étonnant qu'il ait fait le grand plongeon. Tous les boulons ont été dévissés sur cette rangée. Il suffisait qu'il s'approche un rien trop près de la rambarde et la structure cédait. Bordel, mais quel est l'enfoiré qui a pu faire une chose pareille ?

— À votre avis, ça ne pouvait pas être une simple négligence ?

— Non, mais, vous nous prenez pour qui ? Vous croyez qu'on a envie de saupoudrer nos tailleurs de pierre sur le sol comme le sel dans notre assiette ? Faut pas déconner, on est des professionnels nous, et il n'y aura pas un gars de l'équipe capable de faire une chose pareille. Tout est vérifié, matin et soir. Vous pouvez me croire, le salaud qui a fait ça savait ce qu'il faisait.

— Mais n'importe lequel de vos ouvriers aurait pu y rester, alors ?

— Ben non, seul Yann était visé puisqu'en tant que chef d'équipe, il était obligatoirement le premier à monter là-haut. Putain, ça me fait mal de penser qu'on ait pu lui en vouloir ainsi !

Jérôme opina de la tête et ne se fit pas fait prier pour suivre le collègue de Yann dans le périlleux processus de descente.

Pour sa part, Louis n'était pas non plus resté inactif. Après avoir un peu bousculé les services de l'état civil pour obtenir l'identité détaillée de Yann, il avait récupéré la Clio de fonction et foncé *illico* vers le Médoc. Il en était revenu en fin d'après-midi, content de sa récolte d'informations.

— Alors, quel est le profil de notre jeunot ? le questionna Guillemette.

— Rien de bien rigolo. Il est originaire du Médoc. Ses parents habitent dans un petit hameau, Milon, entre Pauillac et Saint-Estèphe. Une masure au milieu des plus beaux châteaux viticoles, comme quoi, au pays de l'or rouge tout le monde n'est pas Rothschild ! Un père ouvrier agricole, travaillant à la tâche car personne ne veut l'employer à l'année... Trop porté sur la bouteille, et du coup, colérique et violent. Une mère soumise et limitée, incapable de se défendre ni de défendre son fils dans la castagne. Le père la bat régulièrement comme plâtre mais elle n'a jamais déposé plainte à la gendarmerie locale. Pour sûr, on ne peut pas dire que les bonnes fées se soient penchées sur le berceau de ce pauvre garçon ! Bon, il a quand même effectué une scolarité normale, pas bien vaillant mais pas rebelle. D'après les dossiers que j'ai pu récupérer, il a bénéficié d'un encadrement efficace de l'équipe pédagogique de l'époque... C'était leur poulain, je crois qu'ils en ont fait leur cheval de bataille ! Ils l'ont protégé et l'ont poussé vers une bonne formation professionnelle, une victoire du système scolaire, ça mérite d'être souligné. Des gens qui ont fait leur boulot, en tout cas, et bien.

— Et ensuite, il s'en est sorti ?

— Il s'est même totalement révélé dans le compagnonnage, sous l'influence bénéfique de son maître compagnon, un certain Victor Lacoste. Jusqu'à devenir le meilleur de sa promo. Comme quoi, de bonnes rencontres peuvent vous changer un destin ! J'ai poussé jusqu'au domicile des parents pour leur apprendre la nouvelle. C'est à peine si le père a entrouvert la porte quand j'ai décliné mon identité. Quant à la mort de son fils, ça ne semblait pas le bouleverser plus que ça.

— Bon, nous y retournerons. Demain, je convoque ce Victor Lacoste à la première heure... Peut-être pourra-t-il nous éclairer un peu sur son élève.

La soirée avait été rude. Son vieux pote Augustin avait eu l'excellente idée de rappliquer chez lui vers vingt-deux heures avec une bouteille d'armagnac et un disque réédité de Procol Harum.

Il ne débarquait jamais si tard, sachant que Victor était un couche-tôt, mais les fenêtres du salon étant encore allumées, il n'avait pas hésité. Le carrier, ce soir-là, se battait avec des factures et diverses démarches administratives. Il en avait une telle détestation qu'il entassait chaque papier trouvé dans la boîte aux lettres sur un coin de son bureau, jusqu'à saturation de l'espace. Alors seulement, contraint et forcé, il consacrait quelques soirées à faire baisser la pile. Ce fut avec un intense soulagement qu'il délaissa sa tâche pour s'installer au coin du feu en compagnie de son ami.

Il avait rencontré Augustin, un spécialiste du rock, presque trois décennies auparavant lors d'un concert du groupe Téléphone à Bordeaux. Serrés l'un contre l'autre dans la foule compacte qui occupait toute la fosse de la salle de spectacle, ils avaient vibré aux mêmes accords de la basse de la petite Corine et de la rythmique de ce grand échalas de Bertignac. Chauffé à blanc par l'énergie du groupe, le public en délire s'agitait autant que faire se peut, et Augustin, de taille modeste, avait passé les deux heures du concert quasiment le nez dans la chemise de Victor. En sortant, ils en avaient rigolé puis, de bar en bar, de confidence en confidence, ils étaient devenus les meilleurs potes du monde. Et ils l'étaient restés.

Augustin avait tout essayé ; ingénieur du son, chroniqueur occasionnel à *Rock & Folk*, vendeur de disques à la FNAC, biographe de Léonard Cohen et même intermittent aux Francofolies, quand il avait décidé de se mettre au vert dans le grand Sud-Ouest pour s'éloigner un peu de Paris et des dangereuses tentations du monde du rock et de ses paradis artificiels. Les temps morts ne manquaient pas dans sa vie malgré la musique et les articles qu'il écrivait de temps à autre dans des revues spécialisées. Alors il aimait descendre en Gironde, louant pour quelques jours, parfois quelques semaines, un studio aménagé à l'arrière de la maison de son ami.

Depuis qu'Augustin s'était mis aux produits régionaux, il disait qu'il allait mieux et qu'il avait maigri. Victor n'avait rien remarqué de tel et, pour lui, il restait à soixante piges passées cette force de la nature, un mètre soixante-dix et quatre-vingt-dix kilos, qu'il appelait sobrement Le Gros. Enfin, sobrement…

— Quel bon vent t'amène si tard ? demanda Victor en ajoutant un vieux pied de vigne dans la grande cheminée en pierre de taille.

— Écoute ce que je t'ai dégotté dans la boutique de la rue Porte-Basse, répondit Le Gros en posant le vinyle sur la platine.

Gary Brooker entonna *A Whiter Shade of Pale* tandis que Victor remplissait deux verres du magnifique nectar ambré, un Castarède 1984. Ils restèrent silencieux quelques instants, faisant tourner le précieux liquide pour en dégager tous les arômes, savourant déjà la musique.

— On vient de me proposer un boulot, dit Augustin entre deux inspirations dans son verre.

— Non ! Pas possible ! Je comprends que tu veuilles fêter ça ! se moqua Victor.

— Oh, ça va, ce n'est pas comme si j'étais à la retraite, non plus ! Bon, je sais, les propositions sont rares depuis quelque temps… C'est que ceux-ci sont rudes, sans doute, rajouta-t-il malicieusement.

Il était de notoriété publique qu'Augustin n'était pas un foudre de guerre. Disposant depuis longtemps d'un petit pécule hérité de ses parents, décédés trop tôt, il n'avait jamais fait passer le travail en premier. Il laissait mûrir l'inspiration, comme il disait, quand ses proches lui reprochaient de ne pas utiliser plus souvent son réel talent d'écrivain et de spécialiste du rock.

— Eh bien, alors, j'écoute !

— Une semaine avec Catherine Ringer, elle se raconte, je la raconte, voilà pour le principe.

Victor n'en revenait pas. L'égérie et compagne de Fred Chichin, la chanteuse du groupe mythique, les Rita Mitsouko. Seule, désormais. Là, il avait fait fort ! Sous le coup de l'émotion, il vida d'un trait son verre d'armagnac et s'en resservit un illico, bien vite imité par Le Gros, content pour une fois de créer la surprise.

— Alors, ton travail avec Yann, tu vas abandonner ?

— Je fais une pause. Yann est prêt. Son dernier concert en juillet était formidable ! Il commence les répétitions pour le concert de novembre dès la semaine prochaine, j'ai confiance.

Une ombre voila le regard d'Augustin. Il ment, pensa Victor.

La soirée passa, pleine de projets et de nostalgie, de dissertations à n'en plus finir sur le rock progressif, de bons mots, de pensées généreuses. À peine Victor remarqua-t-il que son ami restait plus calme que d'habitude, par moments même presque un peu triste.

Vers les quatre heures du matin, Le Gros reprit le chemin de son studio, titubant dans la nuit noire flashée par l'allumage automatique. Victor, quant à lui, regagna sa chambre sans demander son reste.

Étalé sur son lit, jambes et bras en croix, le carrier finit par comprendre d'où provenait cette sonnerie qui résonnait en vain dans la maison et dans sa tête. Ouvrant difficilement les yeux, il se traîna jusqu'au bureau et décrocha. La pendule sur le mur indiquait huit heures. Déjà !

— Monsieur Lacoste ? dit une voix féminine qu'il ne connaissait pas.

— Oui, quoi ? murmura-t-il d'une voix rauque.

— Capitaine Iribarne, SRPJ de Bordeaux. J'aimerais que vous me retrouviez immédiatement à l'hôtel de Police à propos du chantier de la cathédrale.

— Que se passe-t-il ? réussit-il à articuler presque audiblement.

— Je ne peux rien vous dire au téléphone, mais c'est suffisamment grave pour que vous ne tardiez pas à me rejoindre.

Quand Victor émergea quelques instants plus tard de la salle de bains, la sonnerie du téléphone lui vrillait encore la tête. Il avait un mal de chien à se déplacer pour enfiler un jean et un tee-shirt. Trop mal au crâne ! En jetant un coup d'œil dans le miroir avant de partir, il se rendit compte qu'il avait pris au hasard un polo noir orné d'un dessin stylisé argenté de la cathédrale de Bordeaux en train de s'effondrer, un truc gothique qu'il avait pêché on ne sait où, parfaite allégorie de l'état dans lequel il se trouvait ce matin. La cathédrale Saint-André, là où travaillaient ses gars depuis de nombreux mois à la restauration des gargouilles de la tour nord et des statues du portail royal. La préoccupation de la capitaine. Mais pour quelle raison ? Le chantier était fermé ces derniers jours, pourquoi pourrait-il y avoir un problème ?

Sortant de sa maison, il huma l'air automnal et caressa sa chienne, un petit berger australien nommé Gaïa, qui se frottait avec gentillesse contre ses jambes. À côté de la maison, l'atelier était silencieux. Personne encore n'était arrivé. Sous le grand hangar métallique, l'humidité luisait sur les blocs de pierre, les palans, les grandes dents des scies, les chaînes, le vieux Berliet qui ne démarrait plus, le nouveau banc automatique géré par un ordinateur, un véritable ennemi pour Victor mais un réel progrès pour toute l'équipe qui en était enchantée. Tout semblait encore dormir paisiblement mais se réveillerait progressivement dans peu de temps, les outils, eux, n'ont pas la gueule de bois ! Il traversa la cour tranquille pour rejoindre sa voiture.

Même s'il ne travaillait plus à temps plein depuis qu'il avait cédé l'entreprise à ses ouvriers dans le cadre d'une société d'exploitation, il avait gardé la jouissance de la maison accolée à l'atelier. Cette maison, c'était son refuge. La grande pièce, ouverte sur la cuisine, servait encore tout à la fois de salon, de bureau et de salle de réunion. Près de la cheminée, les gars venaient prendre un café chaud quand le froid humide de l'hiver les paralysait trop, ses amis venaient y partager les petits plats qu'il aimait cuisiner et déguster avec lui de bonnes bouteilles.

Il était attaché à ce coin, Frontenac, à quarante-trois kilomètres de Bordeaux. Il s'y était installé une trentaine d'années auparavant, quand on pouvait encore exploiter le calcaire des carrières entourant la maison. De grandes excavations dans la colline, délaissées depuis qu'on faisait venir à moindre coût des pierres du Japon ou de Chine. L'État avait même fini par en interdire l'exploitation, le profit est roi. Depuis lors, certaines cavités s'étaient transformées en champignonnières, d'autres étaient comblées par des résidus venant des grandes déchetteries parisiennes qu'on ne savait plus, là-haut, où stocker. Il ne restait plus que deux carrières en activité, dont la sienne. Et comme il ne pouvait plus exploiter la roche, il faisait venir ses blocs de pierre des carrières de Charente. Avec la création de la Région Nouvelle-Aquitaine, c'était devenu plus facile.

Il n'avait pas réussi à lâcher vraiment l'affaire, donnant ici ou là quelques tuyaux, quelques conseils. À l'occasion, il sculptait encore, pour les particuliers mais aussi pour des commandes officielles. Il adorait l'ambiance de l'atelier, le bruit des engins, la poussière, la vue des blocs de pierre si bien alignés après avoir été débités. Il n'avait connu que ça pendant plusieurs décennies, c'était toute sa vie.

Et puis, les architectes des monuments historiques, c'était son rayon. Il savait les dorloter et n'avait pas son pareil pour répondre à leurs questions concernant les problèmes de terrain, les techniques à mettre en œuvre pour sauver leurs chers bâtiments.

C'était sa fierté, d'avoir mené l'entreprise au sommet de la reconnaissance par le ministère de la

Culture pour la défense du patrimoine. Agréé par les monuments historiques, la consécration pour lui qui avait commencé dans le métier comme simple apprenti !

À soixante-quatre ans, il avait estimé qu'il avait fait son boulot, il avait levé le pied au profit de ses ouvriers. Son expérience impressionnait toujours les jeunots qu'il nommait affectueusement « ses gars ». Parmi eux, il y avait Yann. Un drôle de phénomène, celui-là. Il était doué, instinctivement doué, incroyablement doué. Il comprenait vite, n'abîmait pas le matériel, ciselant, frappant, râpant avec dextérité et finesse.

Écœurant même, de voir autant de talent, disait Le Gros qui l'avait pris en affection. Car, en prime, Yann jouait de la guitare. Sacrément bien, d'ailleurs. C'était assez paradoxal, en fait, de le voir taper toute la journée avec son ciseau sur la pierre au risque de se blesser et de le retrouver, le soir, grattant les cordes de sa guitare. De nombreux Compagnons avaient les mains écorchées, meurtries, les ongles rongés par les poussières abrasives. Yann, lui, prenait soin de ses mains, attentif à les préserver, allant même parfois jusqu'à porter des gants de chirurgien. Après le boulot, il les enduisait d'une crème à l'odeur de camphre. Et ensuite… Ensuite… Il prenait sa Gretsch et le temps restait suspendu à ses notes…

Victor tapotait son volant avec énervement. À cette heure matinale, les bouchons bloquaient inexorablement l'arrivée sur Bordeaux. Ils s'étiraient chaque année de plus en plus loin vers les bourgades avoisinantes, formant une infernale toile d'araignée dans laquelle matin et soir s'engluaient les misérables travailleurs que leurs modestes revenus condamnaient à vivre à la campagne tout en travaillant en ville. Les magazines parlaient de la périurbanisation comme si c'était ça, l'avenir radieux ! Tu parles ! Une campagne grignotée, une ville saturée, des gens qui devenaient fous dans les migrations pendulaires. Voilà la triste réalité de ceux qu'avaient attiré les mirages de la ville, ses emplois, ses services, son effervescence. Comme une pute outrageusement maquillée, Bordeaux les avait subjugués du parfum capiteux de la ville à la mode, de la ville où il fait bon vivre, de la ville où il faut s'installer. Et Bordeaux les laissait échoués là, dans ces files de voitures qui n'avançaient pas, frustrés, repentants, fatigués.

La queue devant le sas d'entrée de l'hôtel de Police acheva de mettre les nerfs de Victor en pelote. Mais qu'est-ce qu'elle lui voulait, cette foutue bonne femme avec son histoire de cathédrale. Il était en règle pour la sécurité, en règle avec les bâtiments de France, en règle avec ses gars. Alors, quoi ? Dix minutes d'attente supplémentaires à l'accueil puis il pénétra enfin dans les bureaux de la capitaine. Une femme d'une cinquantaine d'années, petite et svelte, vint à sa rencontre. Plutôt quelconque mais avec de beaux yeux surlignés d'une frange brune comme un trait d'*eye-liner*. Des yeux d'une couleur étonnante, entre bleu et vert... Huître eût été la bonne définition, mais il n'était pas sûr qu'elle aurait apprécié.

— Monsieur Lacoste, bonjour ! lui dit-elle en lui donnant une poignée de main énergique.

— Bonjour, répliqua-t-il, bougon. J'espère que vous avez une bonne raison de me faire venir jusqu'ici, parce que je ne sais pas si vous vous en rendez compte, mais je perds au minimum une demi-journée de travail, moi !

— Je crains que oui. Vous connaissez un jeune tailleur de pierre nommé Yann Couderc ?

— Bien sûr, c'est un de mes gars. Il dirige depuis plusieurs mois le chantier de la restauration de la cathédrale, et il le fait bien, croyez-moi.

— Je n'en doute pas mais « dirigeait » me semble plus approprié.

— Comment ça « dirigeait » ?

— Il est mort, monsieur. Tombé hier matin, à l'aube, du haut de son échafaudage. Une telle chute ne pardonne pas, ce n'est pas moi qui vais vous l'apprendre.

Victor resta médusé. Son cerveau avait du mal intégrer l'information. Yann, c'était son protégé, son meilleur artisan, sa réussite.

— Je suis désolée, ajouta la capitaine, voyant le chagrin se peindre sur le visage brutalement livide de Victor. Je vous ai convoqué pour que nous puissions faire le point sur ce drame et tenter d'y voir un peu plus clair.

— Vous pensez qu'il s'agit d'un meurtre ? Ce ne peut pas être un accident, nous avions fermé le chantier pour trois jours, il n'avait aucune raison de s'y trouver…

— Quoi d'autre ? Les écrous de sécurité de la rambarde avaient été dévissés. Ce qui nous préoccupe, c'est de comprendre pourquoi et qui aurait pu faire ça. Vous lui connaissiez des ennemis ? Des collègues avec qui il aurait été en rivalité ? Il a vite réussi dans le métier, ça fait toujours des jaloux.

— Non, franchement, je ne vois pas. Ce n'était pas un gars très chaleureux, c'est sûr, et même un peu spécial. Taiseux, maniaque, solitaire. Très cultivé aussi dans certains domaines… Ça l'éloignait un peu des autres tailleurs qui le traitaient souvent d'intello. Mais gentiment. Et ça le faisait plutôt sourire. Il faut dire qu'il n'était pas né avec une cuillère en argent dans la bouche, le pauvre, il s'était fait tout seul, si vous voyez ce que je veux dire.

— Oui, je vois. Et vous l'avez aidé, si mes renseignements sont bons.

— J'ai fait ce que j'ai pu. Quand il est arrivé en apprentissage dans mon entreprise, j'ai tout de suite compris que j'avais en face de moi un bon élément. Vous savez, chez les Compagnons du Devoir, on apprend à nos élèves non seulement des savoir-faire mais aussi des savoir-être. Le sens des valeurs, si vous préférez. Et pour lui, c'était naturel, instinctif en quelque sorte. Comme si la boue dont il était issu avait servi de moule au métal de son caractère, de son âme. Un être fort et pur, voilà ce qu'il était, une fois le moule détruit.

— Pas d'embrouille non plus pendant son tour de France ?

— À ma connaissance, aucune. J'ai eu des contacts avec les différents maîtres chez qui il a séjourné durant ces trois années. Des compliments, voilà les échos que j'avais. Et quand il est revenu, je l'ai repris dans l'entreprise comme Compagnon accompli. Une sacrée plus-value pour moi, vous savez. Il avait tout compris, il dominait toutes les techniques même les plus compliquées. Avec un petit plus sur les autres, le sens du beau. Ce n'était pas un simple artisan qui m'était revenu mais aussi un artiste. Les architectes des bâtiments de France l'ont vite repéré, croyez-moi, et sur tous les chantiers de restauration qu'ils me confiaient, c'est lui qu'ils voulaient à la restauration des sculptures.

— Vous semblez vous y être particulièrement attaché.

— Oui, je le considérais un peu comme mon fils. Je n'ai qu'une fille, capitaine, et je l'aime, bien sûr. Mais un fils, c'est autre chose. Surtout quand on partage les mêmes passions. Et le petit, non seulement il aimait travailler la pierre mais c'était aussi un fou de musique. Le jazz et surtout le rock. Dylan, les Stones, Roxy Music, Lou Reed, aucun n'avait de secret pour lui, il arrivait même à m'épater et à épater mon copain, Le Gros, un spécialiste, pourtant.

— Oui, on m'a dit qu'il jouait de la guitare. Vous pourriez m'en dire un peu plus, là-dessus ?

— Oh, si vous l'aviez vu avec sa Gretsch… Un prolongement de lui-même !

— Il ne s'en séparait jamais ?

— Jamais. Il l'amenait même à l'atelier, et le soir, après le boulot, il lui arrivait de jouer un peu. Pour nous mais pour lui, surtout. C'était peut-être sa façon à lui de parler, allez savoir…

— Il lui arrivait de jouer en public ?

— Bien sûr ! Un véritable artiste a toujours besoin, un jour ou l'autre, de la reconnaissance populaire, non ?

— Si vous le dites. Alors, il le rencontrait où son public ?

— Il jouait parfois dans une brasserie près de la cathédrale, *Le Rohan*, je crois. Et surtout dans une petite salle à Créon. Là, croyez-moi, il envoyait du bois ! J'y suis allé deux ou trois fois avec mon pote, Le Gros. La salle toujours comble, les jeunes debout, hystériques, accros à ses solos. Un vrai tabac à chaque fois. Et de bonnes critiques dans la presse locale avec ça !

— Il n’avait pas envie d’aller plus loin ?

— Bien sûr que si. Dans une semaine, il projetait de démarrer les répétitions pour faire la première partie des Fréro Delavega. Ils doivent se produire à la salle Rocher de Palmer à Bordeaux en novembre, un dernier concert avant la séparation du groupe... Pour Yann, la consécration, quoi. Le Gros a même fait un papier là-dessus pour *Télérama*. Ah, ça, j’étais fier de lui, on peut le dire !

— Le Gros ? Vous pourriez préciser ?

— Augustin Ureby. Un spécialiste de la musique, le rock en particulier, sa signature est connue dans le milieu : *Augure*. Il se plaît à dire que ses articles annoncent le bon ou le mauvais...

— Ah, je vois, un plaisantin...

— Oui et surtout un ami de longue date. Il aimait bien Yann et appréciait son talent. Mais il n’était pas le seul et ça créait quelques jalousies dans le milieu.

— Ah bon ? Dites-m’en plus !

— Au dernier concert à Créon, fin juillet, Yann a eu maille à partir avec un sale type, guitariste d’un groupe de rock identitaire, *Le Sursaut*. Un certain Wagner, le genre pas fréquentable. Ils en sont même venus aux mains, les gendarmes ont dû intervenir pour calmer le jeu.

— Je prends note. Merci pour votre coopération. Si vous le voulez bien, nous ferons encore appel à vous quand nous avancerons dans l’enquête. Mais n’hésitez pas à nous contacter si le moindre détail, la moindre information utile vous revenait à l’esprit.

Raccompagnant Victor à la porte de son bureau, Guillemette se dit qu’elle n’avait pas avancé d’un pouce dans cette enquête, si ce n’était cette histoire de groupe rival. Tout à coup, elle eut un déclic et appela Jérôme.

— Dis-moi, tu ne m'as pas parlé d'un tag sur la palissade ?

— Oui, un truc bizarre, *Le Sursaut*, je crois.

— Bon, *a priori* c'est le nom d'un groupe de rock local. Louis, file à Créon avec Léa, trouve la salle de spectacle et son régisseur et renseigne-toi sur ce groupe... Passe aussi à la gendarmerie et récupère toutes les plaintes pour bagarres, violences, enfin bref, tout ce qui pourrait avoir un rapport avec notre affaire.

— OK, patron. C'est comme si c'était fait !

Louis et Léa attrapèrent leurs blousons et prirent la route de l'Entre-deux-Mers.

Guillemette rassembla en hâte quelques dossiers et, claquant la porte de son bureau, elle quitta le commissariat en trombe. Elle devait être à onze heures précises à l'hôtel de Région pour une journée de stage avec d'autres collègues sur la gestion des relations entre les médias et les différents partenaires des collectivités territoriales, police comprise. Elle serait en retard, comme d'habitude. Tant pis ! Une journée entière à bayer aux corneilles en écoutant des poncifs alors qu'elle avait tant à faire, voilà qui ne l'enchantait guère.

Le lendemain matin, elle se réveilla de bonne heure. Le timide soleil automnal qui éclairait sa cuisine laissait prévoir une belle journée, enfin ! La grisaille lui mettait les nerfs en pelote, et pourtant, dans le Pays basque elle en avait eu son lot. Mais là-bas, les ciels mouillés servaient d'écrin aux montagnes verdoyantes, à l'océan blanchi d'écume, aux colombages rouges des maisons. La couleur était partout. À Bordeaux, elle ne retrouvait que la monochromie du pâle calcaire, le Grand Théâtre, la place de la Bourse, les beaux immeubles du quartier classé, la cathédrale... De la pierre, de la pierre, jusqu'à saturation. La seule chose qui l'amusait un peu était les trois mille mascarons qui ornaient les façades, dieux, déesses, esclaves même, rappelant pour la plupart la fonction portuaire de Bordeaux. Premier port d'Europe après Londres au dix-huitième siècle, vin, sucre, esclaves, le trafic à cette époque y était incessant. Bordeaux ne gardait de ce passé glorieux qu'une architecture sublime bordant en demi-lune son fleuve qui brassait toujours des eaux boueuses agitées par la marée. Les quais avaient été aménagés, les vieux hangars et les parkings remplacés par des aires de jeux et des jardins fleuris, un miroir d'eau reflétait désormais la majesté des lieux. Guillemette aurait pu être heureuse là, si elle avait aimé la ville et sa frénésie. Mais elle préférait la campagne. Elle aurait dû y vivre. Les événements en avaient décidé autrement et seul l'intérêt pour son métier lui faisait oublier l'échec de sa vie sentimentale.

Chassant ces pensées moroses de son esprit, elle décida alors d'aller faire un tour au vert pour inspecter de près le logement du tailleur de pierre. Elle fit un crochet par le commissariat pour embarquer Jérôme puis ils prirent la direction de Langoiran. À cette heure-ci, la circulation était presque fluide, ils arrivèrent rapidement à l'adresse griffonnée par son second sur un bout de papier. Poussant le portillon, ils furent frappés par le calme de l'ancienne verrerie. Quelques trilles d'oiseaux, au loin le ronronnement d'un tracteur. La porte ne fut pas difficile à forcer. Délaissant l'atelier du rez-de-chaussée, ils grimpèrent quatre à quatre l'escalier métallique montant à l'étage. Les larges baies vitrées laissaient un flot de lumière inonder l'espace. Guillemette s'arrêta quelques minutes pour contempler le paysage paisible, le fleuve boueux et les vignes à perte de vue.

— Charge-toi de la cuisine, ordonna-t-elle à son lieutenant, je m'occupe de la chambre, on finira le reste ensemble.

— OK patron ! répondit Jérôme en s'approchant du bar en zinc qui séparait la pièce en deux.

Guillemette entra dans la chambre dont le mobilier minimaliste l'étonna… Un lit, deux tables de chevet, un portant métallique où pendaient quelques vestes, blousons et pantalons, des caisses de vin en bois disposées les unes près des autres pour former un espace de rangement où tee-shirts, pulls, sous-vêtements et chaussettes s'entassaient pêle-mêle. Pas de rideau à la fenêtre, pas de vis-à-vis, c'était logique.

Un lit défait, une nuisette en satin blanc échouée sur le sol, sûrement pas celle de l'artisan, pensa-t-elle en souriant, une paire de chaussons confortables dans un coin. Sur la table de nuit, quelques romans policiers s'entassaient, surmontés d'un recueil des *Fleurs du mal* de Baudelaire. Elle le prit pour parcourir la dernière lecture de Yann : « La servante au grand cœur dont vous étiez jalouse et qui dort son sommeil sous une humble pelouse… ». Guillemette reposa le livre tout en cherchant au fond de sa mémoire la suite de ce poème qu'elle aussi, un jour, avait aimé : « Nous devrions pourtant lui porter quelques fleurs, les morts, les pauvres morts ont de grandes douleurs… ». Une lecture de circonstance !

Rien de particulier dans cette chambre qui puisse faire avancer l'enquête. Rien non plus dans la salle de bains où, cependant, une deuxième brosse à dents et une brosse à cheveux, dans laquelle s'emmêlaient de longs cheveux noirs frisés, venaient confirmer une présence féminine.

La capitaine retourna dans la pièce principale. Derrière le bar, Jérôme s'activait, faisant claquer les tiroirs et les portes de placard.

— Rien ne te surprend dans cette pièce ? demanda Guillemette à son adjoint.

— Non, c'est plutôt chouette comme crèche !!

— Regarde bien le mobilier.

— Rudimentaire. Mais sympa !

La grande pièce, en effet, était quasiment dépouillée. Un canapé, une table basse, pas de télévision, mais une énorme sono BOSE dont les enceintes encadraient un bureau sommaire. Et, sur tout un pan de mur, des étagères où s'entassaient des dizaines et des dizaines de bouquins. La capitaine s'approcha pour lire quelques titres : des romans, beaucoup d'ouvrages d'histoire sur le Moyen Âge, mais aussi des traités d'architecture et de sculpture, des poèmes, des collections de revues sur le rock, quelques biographies de musiciens et chanteurs notamment. Bob Dylan était largement à l'honneur.

— Notre petit tailleur est un intellectuel, ça ne fait aucun doute. Mais il manque quelque chose… Tu ne vois pas ?

— Franchement, non…

— Une guitare, gros malin ! On sait que ce Yann était un guitariste chevronné et qu'il donnait régulièrement des concerts… Alors, elle est où, sa guitare ? Soi-disant qu'il ne s'en séparait jamais !

— Peut-être dans son atelier. En tout cas ici, pas de guitare mais *a priori* pas d'indice non plus.

— Oui, il n'y a plus qu'à faire passer la Scientifique pour les relevés d'empreintes et d'ADN. Allez, on descend.

Laissant Jérôme dévaler les escaliers, Guillemette prit le temps d'inspecter brièvement les différents papiers qui s'accumulaient sur le bureau. Factures habituelles, attestations de remboursement de soins médicaux, tickets de caisse pour achats divers, devis pour du matériel acoustique. Dans une chemise en plastique, elle retrouva une facture de l'hôtel des ventes des Chartrons pour une guitare Gretsch de 1956. « Mazette, siffla-t-elle entre ses dents ! Il a dû manger des nouilles pendant des mois après s'être fait ce petit cadeau ! ». Seule une chemise en carton vert semblait sortir de l'ordinaire. Yann y avait classé de nombreux articles de journaux, extraits de revues, recherches Internet. Tous ces documents traitaient des zones naturelles humides et de leur écosystème. « Tiens, se dit-elle, musicien et écolo. Ça cadre bien, finalement ». Elle essaya ensuite d'allumer l'ordinateur mais il était protégé par un mot de passe. Sans plus de façon, elle le prit pour en faire analyser le contenu au commissariat.

L'atelier était lui aussi très lumineux mais, contrairement à l'étage, extrêmement encombré. Plusieurs établis occupaient l'espace, sur lesquels étaient posés compas, mètres et outils de toutes sortes : ciseaux, taillants, massettes, râpes, gouges... De nombreux blocs de pierre de petite dimension s'entassaient dans un coin de la pièce. Dans une caisse, encore enveloppé de papier bulle dont n'émergeait qu'une gueule abîmée, trônait un morceau de gargouille de la cathédrale, en attente sans doute de restauration. En cherchant la guitare, la capitaine trouva sur une petite table, dans un coin de la pièce, un buste de femme presque terminé... Elle fut saisie par la délicatesse du travail et la beauté de la femme, ou plutôt de la jeune fille, immortalisée dans la pierre. Sans doute cette fameuse amoureuse à laquelle plusieurs témoins avaient fait allusion.

— Viens voir ça, Jérôme ! Prends-en une photo de face et de profil, à défaut de portrait-robot, voilà qui pourrait nous aider à identifier la fille.

Un peu mortifiés de n'avoir rien trouvé de vraiment probant, ils reprirent la route pour Bordeaux. Jérôme alluma la radio pour meubler le silence, Virgin Radio, elle aurait préféré Nostalgie, mais bon. Elle essayait de tracer mentalement, dans les grandes lignes, le profil de la victime : beau, c'est sûr, excellent artisan, son travail à la cathédrale mais aussi le buste en témoignaient, bon guitariste, cultivé mais autodidacte, écologiste probablement militant. Et amoureux. Vraiment pas le client idéal pour un meurtre.

— J'espère que Louis et Léa auront fait une meilleure récolte que nous, soupira Guillemette. C'est sûr, Patron, car pour le moment, y a pas à dire, on fait chou blanc !

Six mois plus tôt
avril 2016
Wagner

La cheminée fumait à nouveau. Ils avaient beau entrouvrir la fenêtre quand ils allumaient le feu, c'était à chaque fois la même chose. Un brouillard diffus envahissait la pièce puis il fallait une bonne demi-heure avant que les bûches s'enflamment pour de bon et que la chaleur réchauffe un peu les murs salpêtreux et les vieux carreaux de Gironde posés à même la terre. Pendant ce temps, ils étaient fumés comme des harengs et tous leurs vêtements restaient imprégnés de cette odeur. Sylviane s'en plaignait toujours quand il la retrouvait à *L'Oiseau Bleu*, la boîte du coin, mais tant qu'elle ne râlait pas sur le reste, tout allait bien !

Ce n'était vraiment pas un cadeau cette ferme que la mère Fontanelle leur avait trouvée, mais au moins ils y étaient tranquilles, isolés au milieu des vignes, sans voisins gênants pour regarder de trop près leurs trafics. Wagner brancha la cafetière et s'attabla à côté de Paulo qui finissait d'éplucher sa pomme.

Un bon batteur mais pointilleux sur la nourriture. Il les obligeait à manger bio, poussant même le vice jusqu'à faire un petit potager derrière la maison pour avoir ses propres légumes. Après tout, si ça l'amusait et que ça l'occupait, Wagner n'y voyait pas d'inconvénient. Pourvu que personne ne conteste son autorité aussi bien pour la musique que pour les affaires, le reste lui importait peu.

— À quelle heure as-tu dit à Jason de nous rejoindre ? demanda-t-il à son comparse.

— Quinze heures. C'est ce qu'on avait décidé, non ?

— J'espère qu'il ne va pas nous planter, ce con. Je m'en méfie, il est capable du pire et même de nous doubler… Mais j'espère pour lui que ça ne lui viendra pas à l'idée.

Prenant au passage sa tasse de café, Wagner alla attiser le feu. Dehors, la pluie tombait sans discontinuer. Une chance pour eux, voilà qui allait leur faciliter la tâche, pensa-t-il avec satisfaction.

Une jeep kaki vint se garer bruyamment dans la cour. Un homme jeune, petit et charpenté, les cheveux noirs rassemblés en catogan, en sortit prestement. Il évita les flaques pour ne pas salir ses Santiags.

— Salut, les gars ! lança joyeusement Jason à la cantonade.

— Salut ! répondirent d'une même voix Wagner et Paulo.

— Stéphane n'est pas avec vous ? Encore sur son clavier, je parie.

— Non, il est allé faire les derniers repérages. La nuit tombe encore tôt, il ne faudra pas se tromper de parcelle, le moindre quart d'heure perdu peut nous être fatal. Combien as-tu trouvé d'hommes pour ton équipe ?

— Nous serons six en tout, moi compris. Ça devrait suffire. Ils ont l'habitude et sont efficaces.

— Et tes frères ?

— Pas question. Je ne veux pas les mettre dans le coup. De toute façon, Timy est déjà parti en Dordogne pour un marché. Quant à Angelo, inutile de le mettre au parfum, il serait capable de tout faire foirer. Et même de nous dénoncer, si ça se trouve !

— C'est toi qui vois. Moi, j'ai fait le plein de la camionnette, j'ai les outils, tout est bon. On commence à une heure du matin, la terre est molle grâce à la pluie, ça devrait aller vite. À quatre heures, tout doit être terminé, chacun rentre chez soi et moi je file retrouver mon contact à Castillon pour lui livrer la marchandise. Et à cinq heures, au dodo avec ma poule, ni vu ni connu !

Sortant le pastis du placard en formica, ils trinquèrent en silence. L'opération pouvait rapporter gros, ils le savaient pour l'avoir déjà menée en Médoc quelques semaines auparavant. Si, cette fois-ci, tout se déroulait bien à nouveau, Wagner n'hésiterait pas à récidiver, autant de fois que la police resterait impuissante. Un trafic juteux et sans risque, voilà ce qu'il aimait. Moins dangereux que la dope, une autre corde à son arc, moins risqué aussi que la castagne dans les réunions politiques où la Fontanelle aimait bien leur faire jouer de la batte contre ces petits chieurs d'écolos qui pourrissaient régulièrement ses meetings.

Jason parti, Wagner retourna dans sa chambre. Sylviane dormait encore, une petite sieste salutaire, comme elle disait, quand la veille elle avait abusé du whisky et de la coke. La couette avait glissé, dévoilant son corps opulent, des seins lourds comme des calebasses et un cul à faire se damner un saint. Jetant son jean et sa chemise à terre, il se lova avec appétit contre la belle endormie.

La pluie avait enfin cessé laissant une lune pâle éclairer les parcelles de vigne. La camionnette se gara sur le bas-côté, près du grand rectangle de terre fraîchement planté. Sans faire de bruit, les hommes recrutés par Jason en sortirent et s'attelèrent à la tâche. Wagner et Paulo faisaient le guet tandis que Stéphane, aidé d'un petit maigre, rangeait dans la camionnette les plants déterrés par l'équipe. Deux mille plants en tout, une bonne opération, terminée en temps voulu et sans la moindre anicroche. Jason y fit rajouter le tas de tuteurs métalliques entreposés au bout de la parcelle, de quoi compléter ses livraisons de ferraille.

Wagner déposa les autres près de leurs voitures sur le parking à l'entrée du village, aida à transporter les piquets dans la jeep de Jason et prit la direction de Castillon. La ville, à cette heure plus que matinale, dormait encore, adossée à la Dordogne comme un gros chat dans son panier. Pas un bruit, pas âme qui vive. La camionnette s'engagea sur le quai qui bordait le fleuve. Un grand type très beau, teint basané, œil de biche, des mains de pianiste qui devaient servir à tout sauf à effleurer des touches blanches et noires, l'attendait en contrebas nonchalamment appuyé contre le capot d'un coupé Mercedes gris métallisé.

— Salut Sofiane, la marchandise est là. Deux mille plants. Aboule le fric, j'ai pas envie de traîner ici.

— Toujours stressé, ce Wagner ! Voilà le compte, rajouta-t-il en lui glissant dans la main une liasse de billets. Va décharger à l'entrepôt, Fred est là-bas pour t'aider. Je t'appellerai pour la prochaine livraison, les plants du Médoc ont vite trouvé preneur, on m'en demande davantage, il faudra fournir.

— Comme si c'était facile d'en dégotter tous les quatre matins ! Non, mais, ils croient quoi tes clients ?

— T'énerve pas, on fera ce qu'on pourra. Et pour la dope, toujours partant ? Une livraison d'Espagne est annoncée d'ici un mois, il faudra se tenir prêts et ne pas faire de vagues.

— J'ai un nouveau contact si tu veux. Des gitans dans mon coin. Un petit camp tranquille, du coup peu surveillé, mais en réseau avec d'autres camps plus grands sur toute la France. En s'y prenant bien, on pourra augmenter considérablement nos livraisons.

— Pourquoi pas. Mais il faudra se montrer très prudents, ça bouge du côté du Médoc… Ils annoncent une grosse cargaison en provenance directe de Colombie pour la fin de l'été et, même s'ils n'ont rien de concret, d'après nos informateurs, les flics de la brigade des stups de Bordeaux sont sur les dents. N'oublie pas les coups de filet récents à Bayonne et Mimizan ! Même si on ne joue pas dans la même cour, ça peut nous porter tort. Alors, il faut que tu sois vraiment sûr de tes contacts.

— Pas de souci, je te tiens au courant. Allez, salut !

— Ouaip, à plus !

Après avoir déchargé les plants, Wagner reprit la route vers la maison des vignes, comme il l'appelait. Il faudra mettre rapidement Jason au courant, pensa-t-il, pour qu'il soit opérationnel le plus vite possible.

Pour le coup, les enjeux financiers étaient tout autres, il ne fallait pas rater ça.

Le lendemain matin, quand Wagner émergea de sa chambre, il ne trouva dans la cuisine que le chat endormi sur la vieille chaise en paille au coin de la cheminée. Un maigre feu y brûlait, insuffisant pour réchauffer la pièce froide et humide. Wagner rajouta une bûche, s'assit sur le banc devant la table encombrée de bols sales, de pots de confiture, d'assiettes empilées contenant les reliefs du repas de la veille. Il faudra que je mette les choses au point avec cette feignante de Sylviane, pensa-t-il en se servant une tasse de café juste tiède. Il aimait l'ordre et la propreté, se montrant parfois même maniaque, et la négligence affichée de sa compagne l'exaspérait.

Dehors, le soleil était chaud. Wagner s'approcha de la petite grange qui leur servait de salle de répétition. Stéphane et Paulo étaient déjà sur leurs instruments, il n'y avait pas de temps à perdre. Un concert était prévu à Créon pour le samedi suivant, une petite semaine à peine pour être au point, ça n'était pas de trop. Empoignant sa guitare, il se joignit à ses compagnons et les vieux murs de pierre vibrèrent jusqu'au soir.

Alors que résonnaient encore les accords de jazz manouche, Jessica regagna sa caravane, épuisée mais heureuse. Le bonheur d'Angelo et de Dahlia la comblait. C'était son frère préféré, presque son jumeau puisque dix mois seulement les séparaient. Ils avaient tout fait ensemble, le meilleur comme le pire, elle l'adorait. Pas comme Jason qui trempait dans tous les trafics et trompait allègrement Selena, la pâle jeune fille qu'il avait épousée trois ans auparavant.

Le père faisait la sourde oreille aux plaintes de sa bru, Jason était son aîné, sa fierté, il était intouchable. Un jour où ses professeurs l'avaient exclu du collège pendant trois jours pour manquement grave à la discipline, le père avait enfilé son vieux cuir, posé son feutre crasseux sur sa tête, et, sans hésiter, il était allé mettre le feu au collège. Un incendie éphémère mais qui avait fait couler beaucoup d'encre. Déjà que leur camp était regardé avec suspicion par une bonne partie de la population locale, ça n'avait pas arrangé les choses !

Jessica redoutait la violence et la méchanceté de Jason, mais elle n'était pas non plus très attachée à Timy. Celui-ci menait une vie tranquille entre Djoulia et les deux enfants qu'elle lui avait déjà donnés et, sillonnant quotidiennement la région pour vendre fruits et légumes sur les marchés locaux, il ne s'était jamais beaucoup préoccupé des derniers de la fratrie. Ceux-là étaient comme les deux doigts de la main. Quand Jessica voyait débouler Angelo avec ses cheveux blonds hirsutes, ses taches de rousseur et ses grands yeux bleus pleins de naïveté, elle fondait. Il n'était pas très doué en classe, alors depuis toujours elle l'aidait quotidiennement pour lui éviter de couler. Elle le défendait aussi régulièrement contre les moqueries de Jason, remettant celui-ci à sa place par quelques mots cinglants qui, à tous les coups, faisaient mouche.

Heureusement Angelo avait un don. Quand il se mettait à la vannerie, activité totalement abandonnée par les autres gitans, il n'avait pas son égal pour dompter les souples tiges de saule et les transformer en paniers, corbeilles, nattes, berceaux, qui, tous, se vendaient comme des petits pains sur les marchés. Il avait de l'or dans les doigts, on l'admirait pour ça. Il avait aussi le sens des affaires : contacté récemment par une boutique locale qui vendait des produits bios et des objets de décoration en matières naturelles, il espérait bien prendre sa part d'un marché en pleine expansion et ne désespérait pas de faire un jour fortune. En tout cas de vivre mieux. Mieux que ses parents, mieux que la plupart de ceux du camp.

Aujourd'hui Angelo avait épousé sa cousine Dahlia qu'il aimait depuis toujours. Les pères s'étaient mis d'accord puis avaient démarré la cérémonie du mouchoir orchestrée par une vieille matrone spécialiste de l'épreuve. Sortant de la caravane où elle s'était enfermée avec la jeune fille et les femmes proches de la future mariée, elle avait agité sous les yeux de tous le mouchoir taché prouvant la virginité de la jeune fille. Angelo pouvait la recevoir comme épouse.

Dahlia avait ensuite revêtu une somptueuse robe blanche rebrodée de perles et de paillettes argentées, son opulente chevelure noire rassemblée en un imposant chignon retenu par un diadème en brillants. Angelo n'était pas moins beau en costume trois-pièces d'un blanc immaculé. Le prêtre les avait unis dans la petite église romane du village, puis la fête avait entraîné les deux familles et les nombreux amis dans un déferlement de musique et de danse qui, à cette heure avancée de la nuit, durait encore.

C'est dans la deuxième partie de la soirée, quand Dahlia avait arboré son ultime tenue, une robe courte lacée dans le dos qui collait à son corps mince comme une deuxième peau, que Jessica l'avait aperçu. Un homme grand, athlétique, le crâne rasé. Se désintéressant de la parade à laquelle se livraient les jeunes mariés, un peu à l'écart de la foule, il discutait avec Jason et ce dernier semblait totalement absorbé par ses propos, hochant de temps en temps la tête en signe d'approbation. Ils se tapèrent mutuellement dans la main, comme pour sceller un accord et l'homme alors, tournant la tête, balaya l'assemblée de ses yeux bleu acier. Son regard se posa sur Jessica, superbe dans une robe fourreau rouge, sa peau brune éclairée par les reflets du feu autour duquel les guitaristes s'en donnaient à cœur joie. Un regard qui glaça la jeune fille. Le temps que, d'un coup d'œil, elle cherche auprès d'elle une protection familière, l'homme avait disparu.

La fête battait encore son plein quand Jessica décida qu'il était temps pour elle d'aller se coucher. Les révisions du bac approchaient, elle était accablée de multiples exercices supplémentaires en mathématiques, il fallait qu'elle soit assez en forme pour les réussir. Elle l'avait promis à Yann qui suivait de très près sa scolarité. Elle regrettait qu'il n'ait pu partager son bonheur ce soir-là mais c'était un gadjo, elle redoutait de le présenter à sa famille.

Après tout, il ne faisait partie de sa vie que depuis peu de temps. Près de lui elle trouvait à la fois la quiétude, la complicité intellectuelle, le sexe, tout ce qu'elle n'aurait pu obtenir si elle s'était cantonnée à vivre exclusivement avec ceux de son camp. Il l'amusait, la protégeait, avec lui elle se sentait grandir et s'épanouir. Pour le moment, elle ne faisait aucun projet d'avenir, se contentant de profiter au jour le jour des bons côtés de leur relation.

Quittant la piste de danse, Jessica remonta le long de l'allée formée par l'alignement impeccable des caravanes. Au fond du terrain, les deux mobile-homes et la remorque destinée aux machines à laver le linge et la vaisselle fermaient l'espace en bordure de l'étang. Un peu excentrés, un chenil grillagé et une cabane à poules voisinaient avec les cordes à linge sur lesquelles était étendue la lessive de la veille. À l'opposé, un vieux cheval de manège en bois, sans tête, ruait dans le vide près d'un arbre maigrichon sur lequel un pneu usagé accroché par deux chaînes se balançait au gré du vent.

Elle avait la chance d'avoir, dans le camp, un logement pour elle seule : une petite caravane Bourreau Sologne Baby de 1955 que le père avait trouvée sur Le Bon Coin et qu'il lui avait offerte pour ses dix-huit ans. Un coin salon aux banquettes vert bouteille, ouvrant sur l'extérieur grâce à une large baie, se transformait la nuit en une chambre confortable. Une petite cuisine aux meubles en chêne massif recouverts d'un simili peau de crocodile lui permettait, les soirs où trop de travail l'absorbait, de se passer des repas familiaux concoctés par sa mère, délicieux mais trop chronophages. Elle avait décoré l'intérieur avec goût, rideaux en tissu wax aux fenêtres et lampes design, une décoration qui contrastait avec celle de la plupart des caravanes du camp mais qui correspondait bien à sa personnalité. Elle était sûre que Yann l'aurait appréciée, lui qui s'évertuait à faire évoluer son sens artistique en lui montrant toutes les facettes de la peinture et de la sculpture à travers les innombrables livres qui s'entassaient sur les étagères de la grande pièce de son loft.

Soupirant de fatigue, elle ôta ses sandales dorées à talons hauts, déposa ses bracelets dans le vide-poches posé près de l'évier, détacha ses longs cheveux puis s'approcha des banquettes et de la table centrale pour transformer le tout en lit… Elle ne rêvait que de se glisser sous la couette douillette pour sombrer dans un sommeil réparateur. Brusquement la porte s'ouvrit. Elle ne la verrouillait jamais, le camp était sûr. L'homme qu'elle avait remarqué quelques heures plus tôt se dressait dans l'embrasure. Sans qu'elle ait eu le temps de réagir, en deux pas, il fut sur elle. Elle hurla mais, dehors, la musique couvrait sa voix. Elle tenta de le repousser mais l'homme était fort, retenant ses bras qui battaient l'air en vain. Il se plaqua contre elle et tenta de l'embrasser. Elle cracha sur lui, essaya de le mordre mais il ne lâchait pas prise. Glissant une main dans son décolleté il s'empara d'un sein qu'il pétrit avec avidité. Son odeur âcre empestait la petite pièce, son haleine avinée lui soulevait le cœur. Elle tenta de donner des coups de genou, alors, empoignant ses épaules, il la retourna contre la table, la bloquant tout à fait, le visage écrasé sur le bois blond. Soulevant sa robe légère, il baissa sa culotte de dentelle et la pénétra avec violence. Elle ressentit une douleur fulgurante. Elle étouffait, les larmes brouillaient sa vue, ses cris n'étaient plus que sanglots. Brutalement, il empoigna son épaisse chevelure, la forçant à redresser le buste au moment où un ultime spasme le secouait. Dans le reflet de la vitre, à travers ses larmes, elle le voyait, monstrueux centaure aux yeux révulsés de plaisir. Et derrière la vitre, un visage, des yeux perçants et cruels. Jason. Jason était là, spectateur impassible des violences infligées à sa sœur, peut-être même complice.

Sans plus attendre, sans un mot, l'homme ressortit, ombre rejoignant l'ombre. Recroquevillée sur la banquette, Jessica tremblait de peur et de dégoût. Son monde venait de s'effondrer et le vide, immense, s'engouffrait en elle.

Yann pestait. Son ordinateur, une fois encore, faisait des siennes, démarrant une mise à jour intempestive, tandis qu'il était occupé à relire les documents fraîchement imprimés. Ses doutes se confirmaient. Il avait en main les résultats d'analyses récentes effectuées sur les eaux de l'étang de Laubian. Des résultats qui, bien entendu, ne lui étaient pas adressés mais qu'il avait pu se procurer grâce à la complicité de Patrice, un employé du laboratoire INOVÉLYS agréé par le ministère de la Santé et le ministère de l'Environnement pour les analyses de l'eau. Un gentil garçon, bassiste à ses heures perdues, qui ne ratait pas un concert de Yann avec qui il était devenu, sinon ami, tout du moins bon copain. Et comme lui, préoccupé par les questions environnementales. Ils en débattaient souvent en partageant une bière au *Rohan*, quand les accords de Yann laissaient la place au jazz diffusé en sourdine dans le café. Ce n'étaient pas les sujets de préoccupation qui manquaient dans la région, entre la centrale nucléaire de Blaye qui n'était plus toute jeune, la ligne LGV qui grignotait les terres cultivables, la pollution de l'air due à l'emploi abusif de pesticides dans les vignes, l'urbanisation débridée du littoral, la contamination des huîtres du bassin d'Arcachon… Les écologistes locaux avaient de quoi faire.

Très vite, Yann s'était investi dans la défense de l'espace privilégié que représentaient l'étang de Laubian et ses alentours, une préoccupation locale, à sa mesure, plus concrète pour lui que les grandes causes très médiatisées mais trop lointaines.

Les neuf hectares étaient constitués d'un lac principal séparé d'un lac secondaire inférieur par un barrage construit sur une petite rivière qui l'alimentait. Depuis de longues années, madame Fontanelle, la propriétaire des lieux, laissant le lac principal aux pêcheurs, avait aménagé le lac secondaire en espace récréatif; la baignade y était autorisée, une petite plage, agrémentée de toboggans et jeux divers, permettait aux familles de faire barboter les enfants et se reposer à l'ombre des arbres, saules et chênes. Le dimanche, il n'était pas rare de voir les pédalos sillonner les eaux vertes tandis que les rires des enfants résonnaient dans la zone sécurisée délimitée par des lignes flottantes de bouées jaunes. Chaque année, s'y déroulaient aussi des championnats de navigation de modèles réduits de bateaux. Autant dire qu'à cinq euros l'entrée, ce lac procurait à sa propriétaire une source de revenus non négligeable.

Yann et ses amis écologistes avaient enquêté discrètement sur le lac secondaire, mettant rapidement au jour un premier problème, celui de la dégradation du barrage. L'eau s'infiltrait dans certaines déformations de celui-ci, le fragilisant chaque jour davantage. Sa rupture, inévitable à plus ou moins long terme, constituait un risque majeur pour la population car la route communale et la piste cyclable permettant d'accéder à la plage se situaient en aval de la construction. Lors de la dernière réunion du conseil municipal, Yann était intervenu pour alerter ses membres sur la dangerosité du site. Mais comment faire entendre sa voix quand la maire était madame Fontanelle en personne! L'affaire avait été promptement étouffée, le dossier habilement glissé sous la pile des dossiers en cours et la vie locale avait continué comme si de rien n'était. Les écologistes avaient beau multiplier les manifestations pour demander le classement de l'étang en réserve naturelle, rien n'y faisait, leurs actions restaient lettre morte.

Mais là, Yann tenait avait devant les yeux un document explosif. Il interpella Jessica qui paressait encore dans la chambre voisine :

— Viens voir ce que Patrice vient de m'envoyer ! C'est trop beau pour être vrai !

N'obtenant pas de réponse, il s'approcha de la porte. Nue, elle se dévisageait dans le miroir en pied posé à même le sol. Sur son visage, une expression de haine passa comme un voile noir, durcissant pour quelques secondes ses traits habituellement si doux. Elle avait changé ces derniers temps, sa joyeuse spontanéité enfantine avait disparu laissant place, trop souvent, à de la mélancolie dont il ne pouvait s'expliquer l'origine. Il se reprochait d'être trop pris entre son travail et sa musique, la délaissant sans doute, elle qui avait besoin d'être épaulée à la veille d'un bac dont elle redoutait plus que tout les résultats. Elle savait que son avenir dépendait des notes obtenues. Avoir le bac, c'était la possibilité de continuer ses études et de tenter le concours de professeur des écoles. Elle en rêvait depuis toute petite, elle qui faisait régulièrement la classe à son frère. Échouer c'était, à plus ou moins long terme, être mariée à un autre gitan, choisi par elle ou par son père, avoir des enfants, vivre la vie de ses belles-sœurs, de sa mère et de la mère de sa mère avant elle. Devenir le maillon d'une chaîne immuable où le bonheur est d'enfanter et d'élever sa descendance dans une tradition dont elle ne se sentait plus l'héritière.

Yann culpabilisait de ne pouvoir briser cet infernal engrenage. Il aurait voulu la sortir de là, lui ouvrir une porte vers l'indépendance en la prenant auprès de lui, mais il n'osait pas brusquer les choses. Alors, il essayait de jouer au mieux son rôle d'ami et d'amant sans rajouter sur les frêles épaules de la jeune fille une pression supplémentaire qui l'aurait fait vaciller davantage.

L'apercevant dans le miroir, Jessica retrouva immédiatement une expression paisible. Elle s'approcha de lui, câline, et vint trouver refuge dans ses bras. Il l'entraîna vers le canapé confortable, seul meuble imposant de la vaste pièce et, là, il lui tendit la feuille imprimée.

— Pas mal ! commenta-t-elle sobrement après une rapide lecture.

— Tu te rends compte ? On la tient, la vieille, elle ne pourra plus faire l'autruche ! Avec ça, plus question de continuer l'exploitation du site !

— Mais alors, son projet en cours ?

— Aux oubliettes, bien sûr ! Ce document est une bombe, crois-moi.

— Quel soulagement après toutes ces semaines d'incertitude ! Mon père va être fou de joie, plus question de partir !

Yann jubilait, excité comme un gamin. Il attira sa compagne tout contre lui et la couvrit de tendres baisers. L'avenir s'annonçait plus radieux, en tout cas pour elle et pour les siens. Voilà qui le réconfortait un peu.

Il regagna son atelier où le morceau de l'une des gargouilles du portail nord l'attendait sagement sur l'établi. Et le buste de Jess. Sculpter lui permettait de faire le vide dans son esprit et de mieux réfléchir.

Délaissant la réparation de la gargouille, il se concentra sur le buste de sa compagne. Lui revint à l'esprit la charmante sculpture de Rodin, *La jeune fille au chapeau fleuri*, qu'il avait admirée au musée consacré à l'immense artiste dans le septième arrondissement de Paris. Et les bustes de Camille Claudel, l'amante surdouée, sacrifiée sur l'autel du narcissisme de son mentor.

Le Gros l'avait amené là, un jour de décembre si glacial que tout endroit chauffé devenait refuge. Mais c'est une tout autre chaleur qui avait envahi l'âme de Yann en découvrant, de salon en salon, les œuvres du génial sculpteur. Le plâtre, la pierre, le bronze, tous les matériaux se pliaient, se tordaient, se modelaient, se sublimaient sous les doigts de l'artiste. Les pieds des statues, en particulier, impressionnaient Yann. Tant de puissance, tant de réalisme ! Il en était bouleversé.

Au sortir du musée Rodin, sa vision de la sculpture n'était plus la même. Dans un petit café voisin, il s'en était ouvert au Gros. Qui, mieux que lui, aurait pu comprendre l'émotion qui l'habitait ? Ils avaient parlé longuement sculpture puis musique. Et dans la chaleur du bistrot, devant une bonne soupe de potiron aux lardons, il avait enfin rompu les digues, lui livrant son secret. Un secret que personne ne partageait, pas même Jessica. Surtout pas Jessica.

Le Gros lui avait préparé une surprise pour le soir même. Depuis le matin, il avait l'œil malicieux et résistait, imperturbable, aux tentatives de Yann pour connaître la vérité. Dîner chez des amis ? Théâtre ? Folle soirée dans les hauts lieux du dévergondage touristique de la capitale, *Crazy Horse* en tête ? Aucun indice n'avait permis à Yann d'imaginer leur destination. Dans la petite chambre d'un hôtel dégotté par Augustin rue Delambre, il s'était accordé une pause salutaire après les déambulations dans les rues frénétiques de la ville glaciale.

Couché sur son lit, il laissait ses pensées vagabonder vers le Sud-Ouest et vers Jessica. Elle lui manquait terriblement. À des kilomètres de son chantier, en compagnie d'Augustin dont la fantaisie contrastait tant avec le sérieux habituel de ses compagnons de travail, il avait l'impression de faire l'école buissonnière. Il aurait tant aimé la faire avec elle. Loin de sa muse, il avait l'impression d'être amputé d'une partie de lui-même, et ce vide le démangeait.

Des coups frappés énergiquement à sa porte le tirèrent de sa rêverie. Il ouvrit à Augustin, moins débraillé qu'à l'habitude. Il faut dire qu'il s'habillait aux puces, une envie de chiner qui ne le quittait pas malgré les moqueries de nombre de ses amis, Victor en tête, devant l'allure de la plupart de ses découvertes. Un manteau à carreaux ayant pu appartenir à Duke Ellington et des boots en cuir fauve prouvaient de notoires efforts de toilette. La fragrance d'*Habit Rouge* de Guerlain embauma instantanément la chambrette.

— Allez, dépêche-toi, si on ne file pas illico, on risque d'être en retard ! Et ce serait dommage, rajouta-t-il pour le taquiner.

— Tu ne m'emmènes pas dans une partie fine, au moins, s'enquit en plaisantant Yann, intrigué par le code vestimentaire de son ami.

— T'inquiète, tu vas adorer ! Mais bouge-toi plus vite que ça !

Yann attrapa sa veste en cuir, passa rapidement les doigts dans ses cheveux bouclés pour les discipliner et rejoignit Augustin qui appelait déjà l'ascenseur au bout du couloir.

Ils s'engouffrèrent dans un taxi et les plus belles rues de la ville, parées des décorations scintillantes de Noël, défilèrent sous leurs yeux. Montmartre et sa cathédrale se rapprochaient peu à peu. Yann comprit qu'on entrait dans le dix-huitième arrondissement. C'est le *Moulin Rouge*, pensa-t-il avec plaisir, quand la voiture s'engouffra boulevard de la Chapelle. Mais le taxi les déposa boulevard de Rochechouart, devant le théâtre Trianon. Sur la façade, un affichage annonçait Charles Pasi en concert. Yann ne put s'empêcher d'éprouver un fugace regret, adieu les demoiselles effeuillées du célèbre cabaret... Et pour un inconnu, en prime... Le Gros avait vraiment de drôles d'idées !

Laissant leurs manteaux au vestiaire, ils entrèrent dans la jolie salle en demi-cercle où le pourpre du velours des fauteuils servait d'écrin aux dorures des balcons et du plafond. Le théâtre était plein, pas un strapontin libre. Plutôt bon signe, pensa Yann en prenant place entre Augustin et une blonde dont le pantalon de cuir ne laissait rien ignorer de sa plastique impeccable. Gloussant avec son autre voisine, une bonne copine manifestement, elle semblait très excitée à l'idée du spectacle qui allait débuter.

— C'est qui, ce Charles Pasi ? demanda-t-il au Gros, tout à fait dans son élément au milieu de ce public hétéroclite d'adolescents boutonneux, de quinquagénaires grisonnants et surtout de trentenaires en jean et tee-shirt branchés.

— Un OVNI, mon gars, tu vas voir. Moitié Français, moitié Italien. Une écriture poétique, un harmonica langoureux et une voix rare, le *must* !

Il n'eut pas le temps d'en dire plus, le rideau se levait. Au centre de la scène se tenait un jeune homme, tignasse noire comme son blouson, front haut, bouche charnue. Guitare acoustique dans une main, harmonica dans l'autre. La voisine de Yann, avant même les premiers accords, était déjà en transe. Yann, moqueur, le fut pourtant dès la première chanson, *Love me or leave me*. Une voix envoûtante, par moments un peu rocailleuse, relayée par les sons de l'harmonica, tout en finesse et en sensualité. Des notes de guitare sautillantes, virevoltantes, à mi-chemin entre jazz et rock. Dans la salle, la chaleur montait au rythme de l'émotion. Le public ne faisait plus qu'un avec l'artiste, soudé à lui par la magie de sa musique.

Deux heures et trois rappels plus tard, Augustin et Yann quittaient le théâtre, comblés. Un grésil tombait dru, les glaçant jusqu'aux os. S'engouffrant dans le premier taxi disponible, ils trouvèrent refuge au *Pied de Cochon* derrière les Halles. Et dans l'ambiance chaleureuse de la brasserie, devant une Tentation de Saint-Antoine arrosée d'un beaujolais de l'année, ils firent le point.

— Tu dois croire en toi, affirma Le Gros. Tu fais des miracles avec ta Gretsch, toi aussi tu peux avoir un avenir dans ce milieu. Il y a peu, ce Charles Pasi aussi n'était qu'un inconnu. Dix ans qu'il travaille dur pour percer et voilà, c'est fait. Il te faut des chansons, des vraies. Si tu veux, on bosse ensemble, j'écris les paroles, tu composes la musique. Tu auras ton propre répertoire, voilà la solution.

— Penses-tu que ce soit vraiment le moment de parler d'avenir ?

— C'est toujours le moment. Des épreuves, tu en as eu, tu en as et tu en auras. La vie est ainsi faite, la quiétude ne doit pas être inscrite dans le programme que le Créateur nous a concocté. Sans doute pour nous maintenir combatifs et optimistes, au cas où l'on se ramollirait un peu.

Yann sourit. Plutôt marrant, Augustin, avec ses croyances et ses espoirs. Il était allé au bout de toutes les expériences, de tous les abus, de toutes les limites. Il en était revenu usé mais plus sage.

— Pourquoi pas ? abdiqua Yann.

L'idée de réussir enfin avec sa musique, de connaître d'autres scènes que celles du *Rohan*, de Créon ou même de Palmer, le séduisait vraiment. Il savait aussi que ça épaterait Jessica. Son nom écrit en gros sur les affiches placardées dans Bordeaux, sa photo sur un CD dans les bacs de la FNAC, la queue devant les salles où il se produirait, tout ça l'attacherait encore un peu plus à lui et pour longtemps, peut-être. Après tout Bono, une de ses idoles, vivait avec sa femme Alison depuis plus de vingt ans. Pourquoi pas lui ?

— Alors, ne perdons pas de temps, rajouta Yann. On commence dès qu'on rentre, d'accord ?

— Quand tu veux ! À notre association, à notre avenir radieux, ajouta Le Gros en levant son verre pour trinquer avec Yann.

Octobre 2016
Les Couderc

Et de deux. Guillemette venait de recevoir un coup de fil de la gendarmerie de Vendays-Montalivet. Un cadavre tout frais sur les plages du Médoc. De quoi leur changer les idées car, dans l'affaire du tailleur de pierre, le moins que l'on puisse dire c'est que le résultat de leurs investigations était nul. Archinul. Son équipe avait beau sillonner le quartier de la cathédrale et les abords de la salle de spectacle de Créon avec les photos du buste sculpté de la jeune fille, personne n'était capable de l'identifier. Attester de sa présence auprès de la victime, oui, mais là s'arrêtaient les témoignages. La belle inconnue le restait, désespérément. Et toujours pas d'assassin à l'horizon. Une enquête au point mort.

Auprès des gendarmes de Créon, Léa et Jérôme avaient cependant fait du bon boulot, récoltant plusieurs procès-verbaux concernant des voies de fait avec violence dans lesquelles le nom d'un certain Wagner Cholme apparaissait régulièrement. Apparemment, non seulement il s'en était pris plusieurs fois physiquement à Yann à l'issue de concerts, mais il apparaissait dorénavant qu'il dirigeait aussi le service d'ordre utilisé, lors de leurs meetings, par les élus locaux d'un petit parti d'extrême droite, le parti du Renouveau. Et parmi eux, la maire de Beaulieu, madame Fontanelle.

Laissant sa veste en jean au porte-manteau, depuis quelques jours c'était l'été indien, Guillemette pensa qu'elle avait peut-être là une piste à suivre et qu'il ne serait pas inutile d'aller très vite faire un petit tour là-bas. D'autant que Beaulieu n'était qu'à quelques kilomètres de la carrière de Victor Lacoste, une bonne occasion de rendre visite à ce dernier. Une discussion avec le carrier lui permettrait peut-être de démêler quelques fils de cet obscur écheveau.

Elle entrouvrit brusquement la porte du bureau de Louis, avachi devant les dossiers encombrant sa table de travail, l'air lugubre comme à l'accoutumée. Un petit tour au bon air lui fera du bien, pensa la capitaine.

— Allez Louis, suis-moi, on part en balade !

— Comme ça, sans prévenir ? Mais j'ai du travail en retard, moi, se plaignit son subordonné.

— Laisse tomber tes dossiers, ils t'attendront, on a du nouveau et dans le Médoc, en prime. Tu connais déjà le terrain, non ?!

— OK, laisse-moi deux minutes et je te rejoins.

Posant le gyrophare sur le toit de la Clio, précaution utile dans la ville engorgée comme à l'accoutumée, ils démarrèrent en trombe en direction de Montalivet.

Ils se garèrent en bordure de la plage. Sur la place centrale, faisant pendant à une statue de la Vierge, se dressait face à la mer une discrète sculpture commémorant l'opération *Frankton* menée pendant la Seconde Guerre mondiale. Toujours curieuse, Guillemette s'approcha du bloc de calcaire posé sur un cercle de gazon fraîchement tondu. Du joli travail, pensa-t-elle, en admirant la finesse des sujets ciselés dans la pierre, sous-marin et blason.

La placette était encombrée de voitures de gendarmerie. Les badauds, encore nombreux par cette chaleur presque estivale, étaient contenus loin de la plage par les habituelles banderoles. Après avoir serré quelques mains, Guillemette et son adjoint s'approchèrent de la dune de sable qui descendait à pic vers l'immense étendue blonde léchée par les rouleaux paresseux de l'océan. Il gisait là, les yeux grands ouverts sur un ciel qu'il ne voyait plus, la gorge tranchée. Le sable avait absorbé le sang, ne laissant qu'une auréole écarlate sous ses cheveux bruns. Un drôle de saint, pensa-t-elle. Un saint aux yeux morts, comme ceux des statues. Des yeux crevés.

Incontestablement, le capitaine Georges Duroc avait de la prestance. La taille haute, le cheveu grisonnant coupé court, la mâchoire volontaire. Une caricature des défenseurs de l'ordre, pensa Guillemette en pouffant intérieurement. À son physique avantageux, il alliait une gentillesse sincère et naturelle. Les fenêtres de son bureau, grandes ouvertes, laissaient apercevoir la place du marché, désertée en ce milieu d'après-midi.

— Vous vous demandez certainement pourquoi je vous ai contactée aussitôt la découverte de ce cadavre sur ma plage? demanda-t-il à Guillemette en lui servant, ainsi qu'à Louis, un grand verre de jus d'orange bien frais.

— À vrai dire, oui. J'imagine que tôt ou tard, votre affaire serait arrivée sur mon bureau à Bordeaux. Mais si vite…

— C'est à la demande du procureur Ancelin, à cause de l'enquête que vous menez actuellement dans l'Entre-deux-Mers. Actuellement nos deux zones sont très liées…

— Un lien, quel lien? Qu'est-ce qui pourrait rattacher votre cadavre au nôtre?

— Les trafics, chère collègue. Je sais que les services sont très cloisonnés, ajouta-t-il malicieusement, mais vous n'ignorez pas que la région, grâce à ses façades atlantique et pyrénéenne, est une plaque tournante de toutes sortes de trafics, en particulier de drogue. À travers la montagne, un trafic de cannabis pour une consommation plutôt locale, à travers l'océan, un trafic de cocaïne, essentiellement colombienne, destinée à l'ensemble du pays. Ils inondent d'abord les grandes métropoles comme Bordeaux, Toulouse, Nantes, Paris, puis, le reste de l'Europe.

— Bien sûr, reprit Guillemette en rougissant.

Elle était, évidemment, au courant du gros coup de filet opéré par ses collègues le week-end précédent. Plus d'une tonne de cocaïne récupérée entre Bordeaux et Lacanau, probablement livrée par avion comme à Bayonne au printemps dernier. Et, la veille, vingt-trois trafiquants mis en examen à l'issue de leur garde à vue. Un sacré coup de filet et un énorme coup de pied dans la fourmilière. Toute à son enquête, Guillemette ne s'était pas préoccupée du ramdam qu'avait fait l'opération dans les services de la PJ. Sous le regard narquois du capitaine Duroc, elle se sentait un peu honteuse.

— Il faudrait donc creuser la piste d'un lien possible entre ma victime et la vôtre, reprit-il gentiment pour la remettre sur son terrain. Vos collègues de l'Entre-deux-Mers surveillent attentivement les trafics du coin, notre homme est peut-être un maillon de la chaîne. Nous allons voir s'il est fiché et tenter ainsi d'obtenir son identité. Dès que j'ai du nouveau, je vous appelle.

— Merci infiniment, répondit Guillemette en se levant. Elle ne voulait pas le vexer, mais elle ne voyait vraiment pas en quoi le trafic de drogue pouvait rattacher ce macchabée à leur tailleur de pierre. Mais si ça lui faisait plaisir de creuser, qu'il creuse !

Ils saluèrent l'aimable gendarme et retournèrent tranquillement à leur voiture. Il fallait repasser prendre le rapport sur la découverte du corps réclamé par le procureur, une grosse demi-heure à perdre. Guillemette aurait bien fait un plongeon avant de repartir, elle avait toujours du mal à résister à l'appel de l'océan. Mais ils devaient rentrer à Bordeaux, sans compter qu'ils avaient encore un petit détour à faire sur la route. Comme ils s'approchaient de la Clio, une voix connue les interpella : « Capitaine, bonjour ! »

Guillemette, surprise, se retourna vers la terrasse du café d'où provenait la voix.

— Monsieur Lacoste, vous ici ! répondit-elle, amusée.

— Si vous avez cinq minutes, je vous offre un café, proposa-t-il. Et à votre collègue aussi, bien sûr, ajouta-t-il devant l'air bougon de Louis.

— C'est gentil, j'accepte volontiers, mais mon collègue doit passer à la gendarmerie pour récupérer quelques documents avant notre départ. N'est-ce pas, Louis? affirma-t-elle en se tournant vers son subordonné.

Celui-ci fit une moue désapprobatrice mais s'exécuta, repartant d'un train de sénateur vers la gendarmerie en empruntant la grand-rue bordée par les coquettes maisons traditionnelles.

Guillemette rejoignit Victor à sa table et s'assit sans plus de façon face à la mer. Une vue apaisante sur l'océan.

— Mais que faites-vous ici? lui demanda-t-elle, étonnée de le rencontrer si loin de sa carrière.

— Je suis venu pour la cérémonie de commémoration de l'affaire *Frankton*. C'est un de mes amis qui a sculpté le mémorial, alors il m'invite à chaque anniversaire de la pose de la pierre. En général, j'en profite pour passer quelques jours dans le coin.

— L'affaire *Frankton*?

— Oui, un épisode local de la guerre, en 1942. Cinq kayaks ont été mis à l'eau au large de Montalivet depuis un sous-marin britannique pour un commando de dix hommes dont la mission était de remonter l'estuaire et d'attaquer des bateaux allemands basés dans le port de Bordeaux. Ils ont réussi à couler ou sérieusement endommager quatre navires mais seuls deux hommes du commando ont survécu. Une opération peu connue du grand public mais dont la ville reste fière.

— Ah, je vois!

— Et vous, quel bon vent vous amène si loin de votre bureau?

— Un cadavre. Il semble que ce soit mon lot, hélas! Pour vous l'art, pour moi la mort.

Tout en discutant, elle l'observait plus attentivement qu'elle ne l'avait fait dans son bureau. Il lui sembla plus avenant et dynamique que dans son souvenir. Il n'était pas vraiment beau, il était mieux que ça. Des traits taillés à la serpe, des cheveux châtains peu disciplinés, des yeux d'un bleu très soutenu, comme certains ciels de montagne en hiver. Il se dégageait de lui une impression de force et de calme. Et un charme indiscutable.

— Ah ? C'était donc pour vous, tout ce bazar sur la plage, ironisa-t-il. C'est amusant que nos routes se recroisent.

— Et elles vont se recroiser encore, rapidement même, car je veux démêler quelques pistes du côté de Frontenac. Je m'arrêterai chez vous si vous n'y voyez pas d'inconvénient.

— Non, non, bien sûr ! Je vous ferai découvrir mon repaire, ajouta-t-il avec empressement.

Un petit silence gêné s'installa tandis qu'ils buvaient leurs cafés.

Assise quelques tables plus loin, les yeux mi-clos, ELLE sirotait un jus de fraise. Jupe en jean courte et bustier en piqué blanc, une touriste parmi d'autres. De temps en temps, ELLE leur jetait un coup d'œil, ne perdant pas une miette de leur conversation. L'ombre d'un sourire se dessina sur ses lèvres.

Au bout de la rue, la silhouette râblée de Louis s'avançait.

— Je crains qu'il ne soit temps pour moi d'y aller, dit Guillemette en se levant. Merci pour le café !

Elle serra chaleureusement la main du carrier et rejoignit Louis près de leur voiture.

En une demi-heure, la Clio était à Milon. Ils n'eurent pas de mal à retrouver la petite maison des parents de Yann. Une métairie, un peu à l'écart du village, en bordure des vignes qui alignaient sagement leurs rangées de feuillage rouge et or jusqu'à la forêt proche. Les vendanges étaient terminées et l'air embaumait par moments l'odeur caractéristique du vin en fermentation. Une odeur de jus et de raisin. Un effluve qui s'échappait des chais où les cuves pleines luisaient dans la pénombre. La récolte 2016 avait été bonne, moins abondante que l'année précédente mais la qualité, cette fois encore, semblait au rendez-vous.

En cette fin d'après-midi, Guillemette espérait bien que les parents de Yann auraient fini leur journée de travail et qu'ils seraient chez eux. Elle ne les avait pas prévenus, d'expérience elle savait que l'effet de surprise est souvent préférable pour obtenir davantage d'informations. Précédant Louis, elle poussa le vieux portail en fer forgé. Le jardinet semblait délaissé, les orties et les herbes folles avaient envahi la totalité de l'espace, étouffant quelques fleurs qui tentaient, çà et là, de survivre.

Guillemette toqua. Rien. Elle insista. Un bruit de chaise qu'on tire, un pas traînant, et la porte s'ouvrit sur une femme d'une soixantaine d'années, les cheveux gris et ternes rassemblés en une maigre queue-de-cheval, le corps ceint d'un tablier aux couleurs fanées, l'air triste et las.

— C'est pour quoi ?

— Capitaine Iribarne, du SRPJ de Bordeaux, répondit Guillemette en lui présentant sa carte. Auriez-vous l'amabilité de nous laisser entrer quelques instants ? Nous avons des questions à vous poser.

— À quel propos ? répondit, maussade, la femme sans pour autant ouvrir davantage la porte.

— Il s'agit de votre fils, Yann.

Ce simple prénom agit comme un sésame. Un peu de lumière éclaira ses yeux inexpressifs, elle ouvrit la porte pour les laisser passer.

L'intérieur de la maison était modeste mais bien tenu. Un mobilier vieillot, bahut en bois foncé, table rustique entourée de quatre chaises paillées, un canapé en tissu brun usagé devant la cheminée, et, bien en évidence dans une vitrine, une collection de poupées arborant les tenues traditionnelles des différentes régions de France. On voyage comme on peut, pensa Guillemette. De nombreux cadres aux sujets champêtres attestaient de la passion de la maîtresse des lieux pour le canevas.

— Votre mari n'est pas encore rentré du travail ? demanda Louis à la mère de Yann.

— Il ne devrait pas tarder, en général il passe d'abord au café du village, si vous voyez ce que je veux dire.

Ils voyaient très bien, la petite enquête menée par Louis précédemment les avait déjà éclairés sur le sujet.

— Alors profitons-en, répondit la capitaine. D'abord, recevez toutes mes condoléances pour la mort de votre fils.

À ces mots, le visage de la mère se décomposa. Des larmes montèrent au coin de ses yeux, furtivement essuyées d'un revers de manche.

— Vous aviez souvent de ses nouvelles ?

— Pas vraiment, non. Vous savez, depuis qu'il a quitté le collège et qu'il est parti en apprentissage, il a tout fait pour éviter la maison. Et je le comprends, précisa-t-elle tristement.

— Il ne venait même pas pour les fêtes ?

— Non. Une petite carte parfois, c'est tout ce à quoi on avait droit. Et pourtant, il n'était pas bien loin, je le sais. J'aurais tant aimé qu'il passe nous dire un petit bonjour de temps en temps.

Des plis amers se dessinèrent aux coins de sa bouche, creusant davantage son visage.

— Mais rien d'étonnant, ajouta-t-elle. Que pouvait-il trouver de bon ici ? Il ne s'entendait vraiment pas avec son père, ce n'était un mystère pour personne.

La porte s'ouvrit à cet instant sur un homme petit et trapu. Une expression de mécontentement se peignit sur son visage rougeaud. Il s'approcha de sa femme, l'air mauvais.

— Tu fais rentrer des étrangers dans la maison, maintenant ? grogna-t-il.

— C'est la police, c'est pour Yann dit-elle, l'air déjà coupable...

— Quoi Yann ? Qu'est-ce qu'il a pu faire encore, ce bon à rien ? Nous, on n'est pas responsables, renchérit-il à l'attention de la capitaine. On ne le voyait plus, alors les histoires dans lesquelles il trempait, on ne veut rien en savoir !

— Rassurez-vous, il menait plutôt une vie exemplaire. Le travail, la musique, il ne semble pas qu'autre chose le préoccupait. Nous voulions juste en savoir un peu plus sur lui et sur ses relations avec vous.

— Quelles relations ? Y en avait pas. Les enfants, c'est ingrat. On se saigne aux quatre veines pour leur offrir ce qu'il y a de mieux et surtout des études, et voilà ce qu'on obtient comme récompense. Le silence et le dédain.

En disant cela, ses petits yeux porcins lançaient des éclairs.

— Vous connaissiez son amie ? questionna Louis.

— Encore une belle réussite, pour sûr ! explosa le père. Une gitane, voilà ce qu'il nous a ramené ! Une belle prise, oui, bandits et voleurs de poules, il ne pouvait pas trouver mieux.

— C'était une jolie fille et gentille avec ça, tempéra la mère.

— Une pute, oui.

— Ne dis pas ça ! Elle avait l'air d'être sérieuse et vraiment amoureuse de Yann.

— Une fille qui se balade avec des jupes au ras du cul et des tee-shirts moulants, c'est pas correct. Une pute, je te dis, qui n'en voulait qu'à l'argent que gagnait ce nigaud. Évidemment, lui, tout con qu'il était, il ne voyait rien !

— Et vous connaissez son identité ?

Les parents de Yann se regardèrent furtivement.

— Même pas ! répondit le père, penaud. Ils ne sont restés qu'une petite heure, on n'a pas pensé à demander. Il l'appelait tout le temps « mon cœur ». Vraiment niais, avec ça !

— Vous avez des photos d'elle ? s'enquit la capitaine.

La mère se leva promptement et l'invita à la suivre.

— Je crois qu'il m'en a laissé une la dernière fois qu'il est passé. Une photo d'eux prise devant la cathédrale. Venez voir !

Laissant Louis subir les invectives du père de Yann, Guillemette suivit la mère dans une chambre sombre et humide au fond du couloir.

— Ne le répétez pas à mon mari mais Yann est passé au début du mois dernier. Il ne m'a pas laissé de photo mais il m'a laissé ça, en me faisant promettre de n'en parler à personne et de le donner à sa chérie si elle venait.

Elle fourragea sous le matelas en laine du lit et en sortit une enveloppe en papier kraft. Elle l'ouvrit devant Guillemette médusée. Des billets jaunes de deux cents euros, assemblés en liasses de cinq.

— Il y en a pour combien, là-dedans? demanda-t-elle à la mère.

— Dix mille euros. C'est beaucoup pour un simple tailleur de pierre. Même s'il était doué et responsable de son chantier, ça m'étonnerait qu'il ait pu économiser ça, remarqua-t-elle avec aigreur. Vraiment, je ne sais pas quoi en faire. Vous comprenez, capitaine, j'ai peur que ce soit de l'argent sale. Et pourtant, il n'y avait pas plus droit et honnête que mon Yann, reprit-elle avec véhémence.

Guillemette se contenta de hocher la tête. Elle ne savait pas trop quoi penser de cette découverte.

— Si vous voulez bien, madame, laissez-moi cette enveloppe. Nous allons vérifier les numéros des billets, peut-être que cela nous permettra d'en savoir un peu plus.

— D'accord, mais une fois encore, promettez-moi de ne rien dire de tout ça à mon mari, s'il savait, il me tuerait.

Guillemette l'observa quelques instants. Une femme brisée à qui la vie avait tout pris, sa jeunesse, ses illusions et son fils. Une vague de pitié la submergea.

— Vous devriez vous plaindre à la gendarmerie, lui conseilla-t-elle.

— Mais de quoi ? répliqua la mère, faussement innocente.

D'expérience, Guillemette savait que les femmes battues niaient la plupart du temps la réalité de leur condition, trouvant toujours des excuses à leurs bourreaux.

— Du mal que votre mari vous fait, madame. Votre fils n'est plus là pour vous protéger ni pour témoigner. Vous n'êtes qu'au milieu de votre vie, vous avez encore le temps de recommencer, de vous donner une nouvelle chance. Ne tardez pas, plus tard il sera peut-être trop tard. S'il est prouvé que l'argent de Yann n'est pas malhonnête, je vous le rendrai et vous pourriez l'utiliser pour ça, ajouta-t-elle en quittant la chambre salpêtreuse.

Après avoir salué les parents de Yann, ils reprirent la route vers Bordeaux. La « route des Châteaux », au milieu des propriétés viticoles les plus prestigieuses du Médoc : Mouton-Rothschild, Palmer, Léoville Las Cases, Beychevelle, Margaux. La « route de la soif », comme disait Louis qui râlait qu'on ne puisse, sans rendez-vous programmé, visiter ces somptueuses demeures ni déguster leurs nectars. Se laissant conduire, Guillemette fit un récit détaillé à son coéquipier de l'épisode de la chambre.

Décidément, plus ils avançaient, plus ils reculaient. Un cadavre aveugle, une enveloppe de billets et toujours rien qui leur permette de progresser dans leur enquête.

Octobre 2016
Madame Fontanelle

Avec nervosité, Laure Fontanelle faisait les cent pas dans son salon tendu de toile cramoisie. Du haut de leurs cadres en bois doré, ses ancêtres l'observaient, imperturbables.

— Vous comprenez, Armand, s'adressa-t-elle à son mari qui tournait tranquillement sa petite cuillère en argent dans sa tasse de café en porcelaine chinoise, je ne pouvais pas laisser faire ça. Notre nom sali, mon mandat de maire mis en péril, les banques à mes trousses, voilà ce qui nous attendait si la vérité éclatait. Tout ça à cause de ce petit écolo de merde !

— Surveillez votre langage, ma chère ! La vulgarité n'a jamais fait avancer les choses.

— Vous m'agacez, Armand. Essayez plutôt de me comprendre au lieu de me faire la morale !

— Vous n'avez jamais voulu écouter mes avertissements ni mes conseils. Et maintenant que le bateau coule, je dois vous trouver une bouée de sauvetage ? Vous vous moquez, sans doute ?

— Soyez gentil, ce n'est pas le moment de jeter de l'huile sur le feu. J'admets que je ne vous ai pas toujours consulté, mais vous êtes mon mari et vous devez m'épauler. J'ai besoin de vos appuis financiers, j'ai besoin de faire jouer l'influence de certains de vos amis, j'ai besoin de compter sur vous, tout simplement, au cas où ça se gâterait. Sinon je suis perdue ajouta-t-elle, se faisant tout à coup plus tendre.

Elle s'approcha de la bergère en velours gris où son mari finissait de boire son café, près de la cheminée en pierre monumentale ornée du blason de sa famille. Lui prenant la main avec douceur, elle s'assit tout près de lui sur le petit tabouret à la tapisserie usagée et posa son visage sur sa paume. Des larmes amères coulèrent sur ses joues sèches sillonnées de rides. Elle était au bout du rouleau et l'avenir risquait d'être si sombre qu'elle en frissonna malgré la chaleur réconfortante du feu.

Peu habitué à voir sa femme si fragile et désorientée, Armand changea de ton.

— Allons, allons, tout va s'arranger, la rassura-t-il en caressant ses cheveux blonds. Il y avait bien longtemps qu'elle n'avait montré un tel abandon et lui non plus d'ailleurs. Il en était troublé, ne sachant plus trop quelle attitude adopter.

Ils faisaient partie de cette génération où les mariages arrangés existaient encore. Présentés l'un à l'autre lors d'une soirée organisée chez des amis communs de leurs parents, ils s'étaient plu mais pas tant que ça. Lui avait largement dépassé la trentaine, elle la frôlait, il n'y avait pas de temps à perdre. Leurs familles respectives, plus que l'amour, les avaient poussés vers l'autel où ils s'étaient unis voilà près de quarante ans.

Étonnamment, ils avaient formé un bon couple, plus solide que nombre de ceux de leurs amis où l'aigreur, la méchanceté et l'indifférence avaient, au fil des ans, laissé la place à la passion des débuts. Ils étaient dès le départ de bons amis, ils l'étaient restés, n'attendant rien d'autre de leur union que des enfants et de la stabilité. Parfois, Armand se disait que dans ce monde où rien ne dure, c'était peut-être ça, la solution. Ne pas s'aimer donc ne pas attendre de l'autre ce qu'il ne pouvait pas vous donner pour toujours. Leurs trois enfants, nés coup sur coup, avaient cimenté leur union et leur vie s'était construite dans cette campagne où le château de la famille de Laure dominait depuis des siècles l'étang et les terres alentour.

Depuis qu'il avait revendu son entreprise de matériel agricole et prit sa retraite dans la foulée, il consacrait la plus grande partie de son temps à la lecture, à la généalogie et à la chasse. Des passions qui l'occupaient suffisamment pour qu'il n'ait pas à pâtir de l'activité politique effrénée de son épouse.

Au départ de leur dernière fille, Laure n'avait pas supporté la maison vide et les tête-à-tête mutiques avec Armand. Elle s'était tout d'abord consacrée, avec toute l'énergie qui la caractérisait, à l'aménagement et l'exploitation du lac. Une véritable réussite, il devait bien l'admettre, puisqu'une grosse partie de leurs revenus actuels dépendaient de cette activité très lucrative. De fil en aiguille, Laure était devenue une personnalité locale incontournable, elle avait été élue au conseil municipal de Beaulieu, leur village, puis en était devenue maire. Et, très vite, différents partis politiques lui avaient fait les yeux doux. Plutôt de droite, il faut bien le dire, les gros propriétaires terriens étant rarement regardés avec sympathie par ceux de gauche.

Hélas, Laure avait penché très vite à droite de la droite et cédé aux avances d'un tout jeune parti, le parti du Renouveau, dont les positions extrémistes ne plaisaient pas vraiment à Armand, fidèle à ses propres convictions centristes. Casser du sucre à longueur de journée sur les Maghrébins sous prétexte qu'ils foisonnaient dans la région ne lui paraissait ni opportun ni constructif. Après tout, comme il aimait à le rappeler à Laure, c'est la vigne qui avait attiré cette main-d'œuvre étrangère après la guerre quand on manquait de travailleurs sur les propriétés viticoles. Accueillis à bras ouverts, ils étaient venus, ils étaient restés, leurs familles avaient suivi. Cependant, malgré les restrictions plus récentes sur l'immigration, il fallait bien reconnaître que le flot des installations ne s'était pas tari, la loi était facilement contournée. Depuis quelques années, c'était d'Espagne que ces familles provenaient, fuyant le chômage et la pauvreté de ce pays d'accueil. Pour les retrouver ensuite en France, malheureusement.

Armand admettait que les choses avaient changé depuis lors et que l'intégration, facile et réelle au début, devenait de moins en moins systématique. Les voiles et les caftans avaient progressivement fait leur apparition puis s'étaient généralisés, les mosquées s'étaient construites, le communautarisme s'était développé dans les écoles. Mais Armand faisait partie de ceux qui croyaient encore aux vertus de l'éducation et de la tolérance pour faire évoluer les mentalités. Il avait même travaillé pendant quelques années dans une association locale pour faire de l'alphabétisation auprès de jeunes hommes et d'enfants primo-arrivants, parfois avec succès, parfois non. La reconnaissance que lui avaient montré certains de ses élèves lui avait servi de récompense et de moteur. Mais, désormais, il ne se sentait plus assez d'énergie pour continuer. Et le fossé qui s'était creusé avec sa femme sur le sujet le dérangeait et le décourageait de poursuivre dans cette voie. Abandonnant ses idéaux, il était revenu sagement à ses premières occupations, pour la paix des ménages comme il aimait à le souligner.

Il évitait de discuter politique avec Laure mais, surtout, il n'aimait pas quand elle organisait des meetings en faisant alors appel à ceux qu'elle dénommait pompeusement « mon service d'ordre » et qui, en réalité, n'étaient qu'un ramassis d'excités prêts à tout pour faire le coup de poing. À plusieurs reprises il l'avait alertée sur le danger que pouvaient représenter ces hurluberlus incontrôlables, mais elle ne l'avait jamais écouté. La mort du tailleur de pierre allait changer la donne.

Laure, de nouveau combative, interrompit ses pensées en revenant à la charge.

— Il va falloir tenir sur plusieurs fronts, reprit-elle après ces quelques moments de silence partagé. Le décès du petit Couderc va braquer sur nous les projecteurs, il ne faut pas en douter. La police va certainement enquêter sur ses activités, ils vont trouver Wagner, ils vont probablement même découvrir toute la vérité sur nos affaires, ajouta-t-elle, inquiète.

— Inutile de s'affoler pour rien, temporisa Armand. Soyons pragmatiques et efficaces. Pour ce qui est de ce Wagner et de votre service d'ordre, l'enquête fera vite apparaître que vous n'étiez pour rien dans leurs débordements. Au pire vous blâmeront-ils un peu, mais rien de grave. Pour le reste, il faut mettre la main sur les documents trouvés par le tailleur et cela au plus tôt. Pourquoi ne pas envoyer ce fameux Wagner chez lui, il saura où chercher et, surtout, il saura se taire.

Vous avez raison, je l'appelle immédiatement, conclut Laure en quittant précipitamment la pièce.

Armand tisonna le feu, ajouta une bûche et se replongea paisiblement dans l'imposante biographie de Churchill abandonnée sur le guéridon près de son fauteuil.

Wagner gara sa camionnette à quelques dizaines de mètres de l'entrée de la friche industrielle. Même s'il n'y avait pas de voisin dans ce trou perdu, il valait mieux rester prudent. La vieille les avait dérangés en pleine répétition, il n'aimait pas ça et ça le mettait de mauvaise humeur. Mais il ne pouvait rien lui refuser, il lui devait tout, à la Fontanelle : sa maison des vignes, son emploi de gorille et même la possibilité pour son groupe de jouer dans des soirées privées qu'elle-même et certains de ses amis haut placés organisaient. Ce n'était pas vraiment la gloire, mais ça permettait d'arrondir les fins de mois et Sylviane se plaignait moins, alors, d'être la seule à faire bouillir la marmite avec son maigre salaire de coiffeuse. Et quand Sylviane était contente, elle savait le lui montrer.

Cette simple évocation lui fit retrouver le sourire. Pas pour longtemps. Les flics étaient déjà passés et les scellés étaient mis sur la porte d'entrée du loft. Impossible de les briser sans les alerter, il fallait trouver une autre solution. Wagner fit le tour de l'imposant bâtiment. Pas de fenêtre accessible qui ne soit barricadée. Pas de porte de cave dissimulée. Rien. Son attention fut attirée cependant par un volet, à l'arrière de la maison, qui ne semblait pas si hermétique que ça. Banco ! En le tirant bien, il réussit à atteindre le loquet et à le décrocher. Derrière le volet, une simple porte vitrée ornée d'un rideau à carreaux rouges et blancs. Wagner retourna chercher un chiffon dans sa voiture, s'en entoura la main et brisa l'une des vitres. Il ne restait plus qu'à tirer le verrou. Il se retrouva dans une espèce d'arrière-cuisine, très encombrée. Une caisse contenant des bûches, de vieilles bouteilles de gaz, des vêtements de pluie, des bottes en caoutchouc, des cartons vides et, sur des étagères, quelques bocaux et boîtes de conserve. Tout au fond s'entassaient plusieurs caisses de vin. Wagner avança dans ce fouillis jusqu'à trouver une autre porte. L'ouvrant prudemment, il constata avec plaisir qu'il se retrouvait dans l'atelier de Yann. Son regard passa rapidement des établis à la caisse contenant la gargouille puis à la petite table sur laquelle était posé le buste de Jessica.

Il la reconnut instantanément. Un sourire carnassier déforma son visage pendant quelques secondes.

Ressassant ses souvenirs avec une certaine délectation, Wagner entreprit de commencer ses recherches à l'étage. L'ordinateur avait disparu, c'était prévisible. Il commença à fouiller dans les papiers entassés sur le bureau, rien d'intéressant. Il s'attaqua ensuite à l'immense bibliothèque, sortant des étagères les dizaines de livres pour les secouer avant de les y replacer. Tant de potentielles lectures lui donnaient la nausée, lui qui n'avait jamais aimé lire. Il faut dire que, dans son petit village, il avait fait toute sa scolarité de primaire avec la même institutrice, madame Legrand. Une salope qui l'avait pris comme bouc émissaire, l'humiliait et le punissait à la moindre occasion. Du coup, d'année en année, des occasions, il lui en avait donné, et plus qu'elle ne l'espérait. Mais en attendant, il était resté bloqué sur l'apprentissage de la lecture. Dans sa vie quotidienne, ça ne le dérangeait pas trop, les papiers administratifs, Sylviane s'en occupait très bien. Mais parfois, il s'était senti gêné, comme à la dernière réunion du parti du Renouveau quand un petit blanc-bec, un nouveau, lui avait mis le livre *Mes idées politiques* de Charles Maurras sous le nez. Soi-disant une belle plume et un bon enseignement. Un vieux truc, oui, dont le titre déjà lui donnait la migraine…

Une fois les étagères terminées, il passa au crible les autres pièces, en vain. Il ne savait d'ailleurs pas vraiment ce qu'il cherchait. Un dossier sur l'étang, lui avait dit la vieille, ou une clé USB… Bref, un support pour des informations qu'elle semblait bien vouloir garder confidentielles. Sûrement en rapport avec toutes les manifestations qu'avaient fait, ces derniers mois, ces imbéciles d'écolos. Heureusement qu'il avait pu en dérouiller quelques-uns, ça les avait calmés.

Après avoir ratissé la totalité du loft, Wagner dut bien s'avouer bredouille. Empoignant son téléphone portable, il en informa son commanditaire et regagna la maison des vignes, pressé de reprendre la répétition là où il l'avait laissée.

Le capitaine Duroc était catégorique, le cadavre de la plage était bien un client pour eux. Le relevé d'empreintes avait permis de l'identifier. Un certain Jason Torrès, fiché pour différents larcins, vols de ferraille, effractions, bagarres, conduite en état d'ivresse. Une petite frappe locale qui, cette fois-ci, avait dû voir plus gros. Trop gros. Le médecin légiste était formel, avant de l'égorger on l'avait soigneusement torturé en lui brisant les doigts et les rotules. Bizarrement, ses yeux n'avaient été crevés que *post mortem*. C'est en recoupant avec les fichiers nationaux que le capitaine avait localisé le voyou, un gitan sédentarisé dans un camp près de Créon. Le terrain de l'enquête de Guillemette. Celle-ci nota l'adresse avec satisfaction. Enfin du nouveau ! Elle n'en pouvait plus de piétiner dans le dossier du tailleur de pierre, au moins ce client tout frais leur changerait les idées. Sans plus attendre, elle convoqua son équipe.

Léa et Jérôme commençaient à connaître par cœur la route de l'Entre-deux-Mers. Cette fois-ci, ce n'était pas vers Créon qu'ils se dirigeaient mais vers le petit village de Beaulieu. Le camp de gitans qu'ils devaient perquisitionner se trouvait sur cette commune, en bordure d'une réserve naturelle. « Voilà qui doit les changer de la proximité des décharges et autres ponts autoroutiers » pensa Léa tout en cherchant dans son sac son téléphone pour faire quelques photos. Dans le village, ils suivirent les pancartes indiquant la réserve. Au bout d'un chemin accidenté, ils arrivèrent sur une patte d'oie. À droite, un parking permettait d'accéder au lac et à la plage ; à gauche, le chemin se poursuivait au milieu des broussailles. Empruntant celui-ci, ils firent encore presque un kilomètre, en contournant l'étendue d'eau, avant d'arriver enfin devant le camp.

Garant la Clio à l'extérieur, ils s'avancèrent prudemment. Un chien bâtard déboula vers eux en grognant, vite rejoint par un berger allemand, babines retroussées. Léa se réfugia derrière son collègue qui n'en menait pas large non plus. Un sifflement, un ordre, les deux molosses firent demi-tour vers un vieillard, couronne de cheveux blancs et moustache fournie, qui arrivait à petit pas vers eux en s'appuyant sur une canne. « Le patriarche, sans doute » souffla Jérôme à l'oreille de Léa.

Très vite le vieillard fut rattrapé par un sexagénaire, petit et sec. Pantalon de velours brun, chemise à carreaux et gilet sans manches, l'air renfrogné.

— Qu'est-ce que vous voulez? aboya-t-il sans même laisser au vieux le temps de s'exprimer.

— Police judiciaire, répondit Jérôme en brandissant sa carte, pressé de se sentir davantage en sécurité.

Les chiens, au pied de leur maître, continuaient de grogner.

— Et alors? répondit l'homme, clairement hostile.

— Avez-vous parmi vous un dénommé Jason Torrès? demanda Léa.

— Oui, pourquoi? Qu'est-ce que vous lui voulez encore? s'enquit le vieillard.

— Nous avons retrouvé son corps sur une plage du Médoc. Il a été assassiné. Égorgé, ajouta Léa qui aimait la précision.

Les deux hommes se jetèrent un regard qui en disait long. Le patriarche chancela comme si la terre s'ouvrait sous ses pieds et l'autre poussa un hurlement de douleur. Sentant la détresse de leurs maîtres, les chiens tournaient autour d'eux, la queue basse, en glapissant.

Alertés par le bruit, d'autres gitans arrivaient de tous les coins du camp vers le petit groupe. Jérôme et Léa furent bientôt entourés. À leur tour, les femmes s'approchèrent, sortant des caravanes ou des auvents, les enfants sur leurs semelles. La nouvelle de la mort de Jason se répandit comme une traînée de poudre. Tous les regards se portèrent alors vers l'extrémité du camp, en bordure du lac. De l'arrière d'un bosquet surgirent une femme d'une cinquantaine d'années portant une bassine de linge et un jeune homme blond et mince, discutant avec entrain. Tout à coup, ils semblèrent prendre conscience que l'ambiance autour d'eux avait changée. Ils s'approchèrent à leur tour, intrigués. La femme était belle encore. La peau mate, les cheveux poivre et sel retenus par une pince, le corps svelte, l'allure altière. Le silence qui se fit subitement l'inquiéta. Elle pressa le pas vers le groupe. Son mari s'avança alors vers elle et lui glissa quelques mots à l'oreille. Contrairement à lui, elle n'émit pas un son, pas un cri. Elle se figea sur place, livide, les joues creusées, comme si, dans l'instant, la vie l'avait quittée. Puis elle s'évanouit dans les bras du père de son enfant disparu. Un peu à l'écart du groupe, le jeune homme blond semblait imperturbable. Il serrait dans ses bras une petite femme qui pleurait à gros sanglots. Selena, la femme de Jason.

Léa et Jérôme profitèrent de l'émoi causé par l'évanouissement de la mère pour arpenter le terrain à la recherche de quelques éventuels indices. Passant de caravane en caravane, ils eurent vite fait le tour du petit campement. À première vue, rien d'anormal. Une jolie caravane vintage au bout du terrain, en bordure des eaux stagnantes, attira leur regard. Ils s'approchèrent, elle était fermée à clé. Interpellant la voisine qui avait regagné son auvent, ils s'enquirent de l'identité de son occupant. C'était la sœur de Jason.

— Savez-vous où nous pourrions la trouver? questionna Léa.

— À cette heure-ci, elle doit être à Bordeaux. Vous savez, c'est un peu notre fierté ici, elle vient de commencer des études pour devenir maîtresse. L'école et tout ça, nous, on aime pas vraiment. Et nos enfants, on les oblige pas. Mais elle, c'était différent. Elle a toujours voulu y aller et elle a réussi.

— Donc une fille sans problème?

— Absolument, certifia la voisine. Tout le contraire de son frère Jason, précisa-t-elle avec une moue de mépris.

— Vous ne l'aimiez pas trop, Jason?

— Celui-là, il nous a plus souvent ramené les flics qu'autre chose. La preuve! répliqua-t-elle en les regardant avec hostilité.

— Il y avait d'autres frères et sœurs dans la famille? demanda Jérôme.

— Oui, Angelo, le blondinet là-bas. Du menton, elle leur désignait l'entrée du terrain. Un gentil garçon, lui. Et Timy, l'aîné, mais il est parti en Dordogne pour les marchés. Bon, ça va, ajouta-t-elle, méfiante. Si vous voulez plus de renseignements, parlez à leur père, moi c'est pas mes oignons.

Et elle rentra brusquement dans sa caravane, leur claquant la porte au nez.

Les deux inspecteurs décidèrent que le moment n'était pas très bien choisi pour en savoir plus sur leur cadavre. Ils n'étaient pas les bienvenus et les circonstances jouaient plutôt en leur défaveur. Inutile de s'attarder trop longtemps sur place.

Avant de partir, Léa prit rapidement quelques photos, s'éloignant au maximum vers les berges de l'étang pour avoir le meilleur angle. C'est alors qu'elle aperçut, à quelques dizaines de mètres du camp, un tas de métal qui brillait dans le soleil. S'approchant, elle distingua ce qui constituait le monticule : des petits piquets métalliques, de ceux qu'on utilisait pour les plantations de vigne. Plusieurs centaines, vu l'importance du tas. Elle mitrailla sa découverte et rejoignit bien vite Jérôme qui l'attendait dans la voiture, prêt à démarrer.

Arrivés à la patte d'oie, ils remarquèrent une petite Fiat Panda stationnée au bord du chemin, des promeneurs sans doute, le coin était vraiment joli. Encore une heure pour Bordeaux si le trafic n'était pas trop dense, il ne fallait pas traîner.

ELLE se releva de la banquette où elle avait plongé en apercevant la voiture des policiers au bout du chemin. Ils étaient venus. Tout se déroulait comme ELLE l'espérait. Un petit coup d'œil dans son rétroviseur, ELLE se trouva jolie. C'était une bonne journée, vraiment.

Guillemette broyait du noir. Elle n'avançait sur aucun dossier, sa hiérarchie commençait à faire pression. D'ailleurs elle ne voyait pas en quoi l'affaire du tailleur de pierre pouvait à ce point énerver le préfet qui, paraît-il, se tenait au courant bien régulièrement. Et voulait des résultats. Et, surtout, souhaitait être informé en priorité. S'il a du temps à perdre, qu'il s'occupe des problèmes d'engorgement de la ville et de la montée absurde des prix de l'immobilier, plutôt que de se mêler de nos affaires pensa-t-elle, rageuse.

L'ordinateur de Yann, enfin ouvert, n'avait apporté aucune piste intéressante. Comme le laissait prévoir la chemise verte retrouvée sur son bureau, il avait effectué beaucoup de recherches, ces derniers mois, sur les milieux naturels humides mais aussi sur les avancées médicales concernant le cancer, diagnostic et nouveaux traitements. Y avait-il un rapport entre les deux ? Guillemette ne voyait pas très bien lequel. Qu'est-ce qu'il avait bien pu dénicher, le petit fouineur, qui lui ait valu le grand plongeon ?

Rester enfermée dans son bureau avec sa mauvaise humeur pour toute compagnie ne lui apporterait rien de bon. D'ailleurs il faisait beau et ces derniers feux de l'été indien la poussaient vers l'extérieur. Pourquoi ne pas en profiter pour rendre une petite visite à Victor Lacoste ? L'air de la campagne l'aiderait à réfléchir.

Elle trouva la route bien agréable. En cette saison, la vigne affichait des couleurs flamboyantes et les champs récemment labourés faisaient avec elle, par leur touche brune, un camaïeu du plus bel effet. Guillemette réalisa que, tout à son travail, elle ne prenait plus assez de temps pour elle. N'ayant pas de famille qui lui donne le tempo, elle se laissait totalement absorber par le commissariat et les dossiers qui s'empilaient sur son bureau. Elle négligeait son aspect physique, ne faisait plus de sport, ne portait que des vêtements confortables, de ceux qui sont rarement seyants, n'allait presque jamais chez le coiffeur. Un coup d'œil dans le rétroviseur lui confirma qu'il était grand temps de se reprendre en main. Perdre un homme ne signifie pas se perdre soi-même, sinon quel gâchis !

Nombre de ses amies l'avaient poussée vers les sites de rencontre, les supermarchés du cœur et du sexe. Après quelques tentatives calamiteuses, elle avait compris que ce système n'était pas fait pour elle. Mais où et comment rencontrer l'âme sœur, si cela existait vraiment, elle ne le savait toujours pas. Tout doucement, elle se faisait à l'idée que la vie de couple, ce n'était plus pour elle.

Sur ces tristes pensées, elle arriva à Frontenac. Une jolie placette avec l'inévitable bar-restaurant, surmonté d'une pancarte, *L'Archange*. Instantanément, elle revit Yann et ses boucles brunes au pied de la cathédrale. En vis-à-vis, une église comme il y en avait tant dans la région, simple, dépouillée, avec une charmante tourelle montant la garde derrière le clocher-mur. À vue d'œil, une poignée d'habitants, trois chats et un chien pelé... Bon, ça s'annonçait ardu pour trouver la maison du carrier. Heureusement que le GPS, merveille de la technologie haïe par Guillemette, sauvait les citadins échoués en rase campagne !

Au bout d'une courte allée boueuse, elle découvrit enfin l'antre de Victor. À droite, un pan de colline boisée qui devait abriter les carrières désaffectées, au centre l'atelier et sur la gauche, au fond d'une cour, une jolie maison girondine en pierres de taille, adossée à un jardin exubérant. Guillemette réalisa qu'en cette fin de matinée, elle risquait de déranger la famille de Victor, prête sans doute à s'attabler pour le déjeuner. Tant pis, elle ne resterait pas longtemps.

Quittant l'atelier d'où il l'avait vue arriver, Victor s'approcha d'elle avec un grand sourire.

— C'est la faim qui vous a poussée jusque-là, capitaine ?

— Pardon ?

— Si je ne me trompe pas, c'est l'heure de l'entrecôte, non ?

— Oh, je suis désolée, je n'avais pas fait attention à ça. Je ne vous dérangerai pas longtemps, vous et votre famille.

— Pas de souci. Il n'y a pas de famille. Plus de femme et une fille qui s'est envolée du nid voilà trois ans déjà. Vous allez donc troubler uniquement ma solitude et croyez-moi, j'en suis bien content.

Laissant ses bottes devant la porte, il s'effaça pour faire entrer la capitaine.

— Bienvenue dans mon modeste logis !

Immédiatement, l'ambiance des lieux plut à Guillemette. Une grande pièce, carreaux de Gironde au sol, poutres blanchies à la chaux, imposante cheminée dans laquelle crépitait faiblement un feu. Deux vieux fauteuils en cuir étaient disposés de part et d'autre du foyer. Victor invita Guillemette à s'asseoir dans l'un et chassa un gros chat gris qui occupait l'autre pour en faire autant. Il attisa les braises pendant qu'elle continuait à détailler la pièce, l'air de rien. Le décor en était sobre, des meubles en bois massif, quelques photos dans un cadre, des petites natures mortes sur un mur et sur un autre, une grande peinture abstraite aux couleurs vives. Sur le manteau de la cheminée étaient posées deux jolies sculptures de femme en terre cuite. Une baigneuse penchée en avant, jambes croisées s'essuyant un pied, et le buste d'une femme en chignon, à l'expression tout à la fois espiègle et douce.

— Très jolies sculptures ! Votre œuvre ?

— La baigneuse, c'est un cadeau de Yann. J'adore ! Et le buste, oui, c'est de moi. C'est ma femme. Enfin, disons plutôt *c'était* ma femme. Elle est morte, il y a deux ans.

— Je suis désolée !

— Vous n'y pouvez rien, répliqua-t-il en souriant. Personne, d'ailleurs, n'y a rien pu. Un cancer de la rétine, que même les techniques les plus innovantes n'ont pas réussi à éradiquer. Depuis je vis seul, enfin presque, ajouta-t-il en désignant le matou qui avait élu domicile sur le bar séparant le coin cuisine du reste de la pièce. Un chat mal élevé, une chienne affectueuse et de temps à autre mon ami Augustin qui s'installe pour quelques jours. Voilà toute la compagnie que j'ai !

— Ça n'est déjà pas si mal. Il y en a qui ont moins.

— C'est possible, acquiesça-t-il en la regardant plus attentivement avec un sourire en coin. Allons, allons, vous êtes tombée un bon jour, j'ai acheté ce matin une belle grillade et un de mes gars m'a apporté des cèpes... Alternance de chaleur et de pluie, en ce moment ça pousse ! Je vous invite à déjeuner.

— Avec plaisir, répondit Guillemette, trop heureuse de l'aubaine. Depuis quand n'avait-elle pas fait un bon repas ? Elle ne s'en souvenait même plus.

Victor étala les braises et posa dessus une épaisse grille en fer forgé. Puis il sortit de dessous le bar une bouteille et deux verres.

— Une production locale, un de mes amis qui est viticulteur tout près d'ici. Très bon viticulteur, je précise. Goûtez ça, dit-il en lui présentant le verre rempli d'un beau liquide rouge sombre.

Puis il retourna s'affairer côté cuisine. Bientôt une délicieuse odeur de cèpes emplit la pièce. Il revint vers la cheminée avec une belle entrecôte sur une planche en bois et la déposa délicatement sur la grille.

Guillemette était aux anges. Elle retrouvait les plaisirs simples qu'elle avait connus avant son divorce, un pan de sa vie qu'elle avait tant aimé et déjà presque oublié.

Ils s'attablèrent et dégustèrent en silence l'excellent repas.

— Vous ne m'avez pas dit ce qui vous amenait ici, si loin de votre bureau, s'enquit Victor.

— Oui, bien sûr ! J'allais oublier, s'amusa-t-elle.

Elle avala une gorgée de vin, à la fois charpenté et fruité, et revint à ses préoccupations premières.

— Nous n'avançons pas d'un pouce dans la mort de Yann. Aucune piste, aucun suspect. Impossible non plus d'identifier sa jeune compagne. Vous la connaissiez ?

— De vue seulement. Je l'ai aperçue deux ou trois fois aux concerts de Yann. Mais il ne me l'a jamais officiellement présentée, il ne voulait d'ailleurs pas en parler. C'était son jardin secret. Peut-être était-il gêné par la différence d'âge, peut-être avait-il peur qu'on le juge.

— Oui, c'est possible. Du coup, on piétine. Mais je suis venue surtout pour une autre affaire, un gitan d'ici retrouvé mort sur une plage du Médoc. Ça ne vous dit rien ?

— Non, pas que je sache.

— On a retrouvé près de son camp un tas de piquets métalliques, des tuteurs de plants de vigne.

— Alors là, ça me parle. Au printemps, mon ami viticulteur, Philippe Delagre, celui qui fait ce si bon vin, a été vandalisé. Une parcelle entière de jeunes plants qui ont disparu en une nuit. Un sacré préjudice financier, vous pouvez me croire, entre les plants, les tuteurs, la main-d'œuvre, tout ça pour rien. Et jusqu'alors, aucune piste.

— Bon, à l'occasion, ce serait bien que je parle à votre ami. Et déjà, je vais passer à la gendarmerie de Créon pour faire le point avec eux car je n'imagine pas que ce gitan ait été tué pour un trafic aussi peu important. Il doit y avoir autre chose là-dessous, il faut remonter jusqu'aux commanditaires.

— Oui, mais je vous souhaite bon courage. Les gitans, même s'ils sont au courant, ne parleront pas. Franchement, je ne vois pas comment vous aider. Sinon vous organisez un rendez-vous avec Philippe. Et cela très vite, bien entendu.

La perspective de revoir bientôt le carrier lui faisait chaud au cœur. Avec lui elle se sentait bien, naturellement bien. La plupart des hommes la mettaient mal à l'aise, sa timidité la faisait passer pour une femme effacée et ennuyeuse et son physique n'attirait pas franchement les regards. Du coup, quand un homme s'intéressait à elle, elle se demandait pourquoi. Avec Victor, aucune tension, aucune attente, seulement une complicité spontanée.

Ils débarrassèrent la table en discutant de choses et d'autres, du métier de carrier, du temps, de la vie en ville et à la campagne.

À trois heures de l'après-midi, ils papotaient encore, une tasse de café à la main. Quand elle regarda enfin sa montre, Guillemette s'affola. Son équipe devait se demander où elle était passée. En effet, quatre appels en absence sur son téléphone en témoignaient.

Elle remercia chaleureusement Victor et reprit, apaisée et détendue, la route vers Créon. À la gendarmerie, elle fut très bien reçue. En recoupant leurs informations avec les siennes, les gendarmes arrivèrent à la même conclusion qu'elle, il fallait chercher plus loin pour connaître les véritables raisons de la mort de Jason Torrès. Et programmer une perquisition en règle dans le camp des gitans.

Été 2016
Yann

Pour la troisième fois consécutive, Yann empoigna sa Gretsch. Le silence se fit dans le studio et la voix du jeune homme, chaude et grave, égrena les paroles de sa dernière chanson : *Le bout du monde*, sur les accords de sa guitare, aigus comme des pointes de silex. Augustin n'en menait pas large. S'ils voulaient lancer le disque dans la foulée du concert en novembre au Rocher de Palmer, ils devaient impérativement terminer l'enregistrement ce week-end. Ils avaient travaillé dur depuis décembre, six chansons étaient déjà prêtes, mais c'est sur ce single qu'Augustin misait pour faire connaître son poulain avant d'enregistrer et de diffuser l'album complet.

D'un commun accord, ils avaient choisi ce pont du 14 Juillet pour filer à Léon, dans les Landes, au manoir du même nom où le studio d'enregistrement flambant neuf leur offrait les conditions idéales pour finaliser leur projet. Tout avait été refait depuis l'époque, un peu lointaine déjà, où Zazie, Noir Désir et tant d'autres étaient venus enregistrer. Une console Neve exceptionnelle, une acoustique parfaite grâce à des matériaux réfléchissants et modulables, bois et marbre, des micros de qualités, et surtout deux ingénieurs du son disponibles à volonté. Et la présence toute proche de l'océan pour décompresser un peu. Que rêver de mieux ? Le tailleur de pierre était tranquille pendant une petite semaine, le chantier de la cathédrale étant fermé, c'était le moment idéal.

Le silence revint dans le studio. Cette fois, la prise de son fut parfaite. Enfin.

Yann et Augustin sortirent pour une petite pause avant d'attaquer le morceau de la face B : *Page blanche.* Ils s'assirent au bord de la piscine, les jambes dans l'eau fraîche et cristalline.

— Pas trop fatigué ? s'inquiéta Augustin.

— Non, ça va. Je suis soulagé de voir que ça prend tournure. C'est pour quand, le rendez-vous avec le notaire ?

— Jeudi prochain, à dix-sept heures quinze. Victor ne sera pas content que tu lâches le chantier mais on n'avait pas le choix.

— J'espère que la maison de disques acceptera mes conditions. Ils ne sont pas réputés pour être particulièrement coulants, mais le temps nous manque pour faire jouer la concurrence ! Enfin, sortir le single sous le label Blue Note, c'est quand même un gage de sérieux, non ?

— Bien sûr ! C'est même plus que ça, crois-moi. Une véritable caution pour toi. Et ne t'inquiète pas, je m'occupe de tout. Concentre-toi sur ta musique, c'est déjà beaucoup. Le concert du 31 à Créon sera un mini galop d'essai, puis Bordeaux et enfin la gloire nationale, voire internationale !

Un sourire éclaira le visage soucieux de Yann.

— J'aimerais tant que tu dises vrai. Surtout pour Jessica, tu sais, je voudrais tellement que tout ça change sa vie.

— Je sais, je sais. Mais pense à toi d'abord, c'est ça le plus important.

— Elle arrive à quelle heure à la gare de Saint-Vincent-de-Tyrosse ?

— Vingt heures vingt-cinq... S'il n'y a pas de retard !

— Bon, j'irai la chercher. Laisse-moi une soirée seul avec elle, rien qu'une soirée, je te promets que ça ne changera rien pour notre travail.

— D'accord, mais pas plus. On manque de temps, ce n'est pas le moment de le gaspiller. Tu roucouleras plus tard, ajouta Le Gros en se levant pour retourner au studio.

Yann lui emboîta le pas et le travail reprit jusqu'au soir.

Pour une fois, le train était à l'heure. La soirée était chaude et la lumière encore vive à cette heure tardive. Yann adorait cette époque de l'année où le jour s'étire tant que la nuit devient peau de chagrin.

Au bout du quai, la silhouette juvénile de la jeune fille apparut au milieu des passagers encombrés de bagages et Yann sentit une bouffée d'émotion l'envahir. Il s'avança à sa rencontre, la prit dans ses bras et la serra à l'étouffer. Puis il l'embrassa longuement.

Empoignant son petit sac de voyage, il l'entraîna hors de la gare jusqu'à sa voiture laissée à proximité. Ils prirent la route vers la plage des Bourdaines. À cette heure-ci la circulation était fluide, ils étaient à contresens des vacanciers qui rentraient vers les campings ou les locations estivales, cuits comme des homards. Très vite, les vagues ourlées d'écume et la plage presque vide s'étalèrent devant leurs yeux, dorées par les rayons rasants du soleil déclinant. Jetant leurs serviettes de bain sur le sable, ils coururent se jeter dans les rouleaux. Après avoir été chamboulés plusieurs fois sur le sable et les galets par la mer féroce, ils s'accrochèrent l'un à l'autre pour mieux résister. Le tumulte de l'eau donna le tempo à leur étreinte.

Assis sur les tabourets hauts du bar de la paillotte, ils admiraient les dernières figures acrobatiques des surfeurs dans la lumière pourpre. Comblés, paisibles, heureux. Un verre de txakoli à la main, une planche de charcuterie et de fromages basques devant eux, ils profitaient pleinement de cette parenthèse amoureuse.

— À nos « un an », dit la jeune fille en levant son verre.

— C'est vrai, bon anniversaire ma Jess, répliqua Yann, mesurant tout à coup à quel point le temps lui avait paru court depuis leur rencontre. Et à ton bac, ajouta-t-il, fier de sa réussite.

Elle sourit, modeste, sans mettre en avant les excellents résultats qui lui avaient valu la mention « Très bien » à l'examen.

— Et, plus que tout, à ton avenir ! Le plus important maintenant, c'est la poursuite de tes études. Jure-moi que tu feras tout ton possible pour atteindre tes objectifs. Tu seras un si charmant professeur des écoles, plaisanta-t-il, en lui bécotant le nez.

— Je te le jure. Et toi, quel avenir nous promets-tu ? Ça avance, tes enregistrements ?

— Oui, très bien. Encore deux ou trois ajustements et tout sera parfait.

— Alors j'espère que tu prendras un peu le temps de te reposer. Je me fais du souci pour toi. Tu as l'air crevé, tu as maigri, tu perds ta tignasse.

Et, disant cela, elle agita en forme de preuve quelques cheveux ramassés sur le tee-shirt de Yann.

— Tu dois penser un peu à toi avant de penser à nous.

Elle savait que l'un des objectifs de l'investissement total de Yann dans sa musique était, en filigrane, de gagner assez d'argent pour financer ses études. Ça la mettait mal à l'aise de lui être ainsi redevable.

— Je te plairais chauve, non ? ironisa Yann. C'est très tendance !

— Mais absolument pas, se moqua-t-elle. J'aime trop tes boucles.

Et, joignant le geste à la parole, elle passa tendrement ses doigts dans celles du jeune homme.

Un couple remontait de la plage. Lui en combinaison de surf défaite jusqu'à la taille, torse musclé, visage tanné par le soleil éclairé par d'immenses yeux verts ; elle, petite et blonde, poupée de porcelaine tenant dans les bras un bébé suçant son pouce sous un bob rose. Ils discutaient et riaient, indifférents au reste du monde. Une image fugace du bonheur à l'état pur, de celui dont rêvait Yann depuis de si longues années. De celui qu'il voulait construire envers et contre tout avec Jessica. Impulsivement, il prit sa main et, la regardant droit dans les yeux, soudain grave, il se jeta à l'eau.

— Veux-tu vivre avec moi ? Tu laisses tout tomber, le camp, ta famille, et tu viens t'installer au loft. Et si tu es d'accord, je t'épouse.

La jeune femme marqua un temps d'arrêt. Elle prit un ton badin pour répondre, consciente qu'un refus brutal le blesserait définitivement.

— Pourquoi pas ? Mais donne-moi un peu de temps. Je dois d'abord commencer la fac, préparer mes parents en douceur à ton existence, à mon départ... Disons, une petite année encore. Ce sera le cadeau de mes vingt ans. Moi en robe blanche et toi en costume, tu imagines ?

À vrai dire, il n'imaginait pas. Mais elle n'avait pas dit non, c'était déjà ça. Maintenant il fallait tenir le plus longtemps possible. Pas évident. Mais il avait déjà surmonté tant d'obstacles dans sa vie que la perspective d'avoir Jessica pour lui seul lui donnerait des ailes.

Au bout de l'allée tracée entre les chênes du parc, le vieux manoir apparut dans la lueur des phares. Briquettes et colombages, volets verts. Il n'était pas très tard, Augustin et les ingénieurs du son discutaient encore dans le salon, sirotant un vieil armagnac. Yann entraîna discrètement sa compagne vers leur chambre. Augustin s'était mis au piano. Les notes profondes de *Back to black* accompagnèrent leurs premiers baisers. Et jusqu'au petit matin, ils laissèrent leurs corps s'abreuver l'un de l'autre.

Victor allait être content. Bien campé sur la plateforme de son échafaudage, Yann admirait la délicatesse du travail accompli par son équipe et lui-même. Les têtes des statues du portail royal, débarrassées de la couche de crasse urbaine, avaient repris toutes leurs couleurs et ce n'était pas un vain mot. Des traces de polychromie, du bleu surtout, du rouge et quelques touches de jaune, retrouvaient la lumière. Les morceaux de sculpture manquants avaient été restaurés et l'ensemble, dorénavant, avait fière allure. Encore une quinzaine de jours de finitions et l'équipe pourrait passer à autre chose. Terminer la restauration des gargouilles, par exemple.

C'était un timing impeccable pour Yann. Il y avait le concert du 31 à préparer, quelques répétitions en vue sous l'œil critique du Gros. Et surtout le rendez-vous au service du docteur Véry à l'Institut Bergonié. Huit mois déjà qu'il vivait avec cette épée de Damoclès au-dessus de la tête, depuis ce jour de décembre dernier où il s'était rendu à la Salpêtrière pour des problèmes de hernie discale. En tout cas, c'est ce qu'il croyait, c'est ce que son généraliste avait diagnostiqué, c'est ce que le spécialiste de Bordeaux avait confirmé. Souffrant trop au quotidien, il avait préféré demander l'avis d'un ponte en la matière. Et le verdict était tombé comme le couperet de la guillotine. Cancer d'une vertèbre. Cancer déjà bien avancé, il fallait opérer. Suivi depuis décembre à Bergonié, il prenait une chimiothérapie sous forme de comprimés avalés quotidiennement, du poison qui lui bouffait l'estomac et lui faisait perdre ses cheveux. Mais qui devait réduire la taille de la tumeur pour diminuer les risques opératoires. Le handicap, le fauteuil roulant. Adieu les chantiers dans le ciel près des anges et des démons. Adieu Jessica. Comment imaginer garder près de lui une jeune femme qui commençait à peine sa vie ? L'enfer, alors, ne serait plus cette imagerie naïve qu'il côtoyait au quotidien sur l'édifice médiéval. L'enfer serait sa vie.

L'arrivée de Victor sur le chantier chassa ces sombres pensées. Il le héla depuis la passerelle métallique pour qu'il le rejoigne. Ensemble, ils firent le point sur les derniers détails de la restauration puis ils redescendirent boire une bière bien fraîche à la terrasse du Rohan. Il fallait organiser le travail des jours à venir, ils avaient du pain sur la planche.

Le concert ne se passait pas comme prévu. Tout avait bien commencé, salle comble, public enthousiaste, les nouvelles chansons de Yann remportaient un franc succès. De minute en minute, l'ambiance montait en température et Yann, au mieux de sa forme, orchestrait avec brio les émotions de ses fans. Sa Gretsch, une fois encore, faisait des étincelles.

Le Gros commençait à se détendre, quand un remue-ménage au fond de la salle l'alerta. Il se faufila vers l'arrière, prêt à faire évacuer les fauteurs de troubles. Et tomba nez à nez avec les membres du groupe *Le Sursaut*, son guitariste en tête, ce nazi de Wagner. Ils étaient venus en force, accompagnés de quelques-uns de leurs amis du parti du Renouveau. Tous bien imbibés, ils étaient déjà passés à la buvette, et bien décidés à mettre le bazar.

Augustin fonça sur les vigiles encore en faction à l'extérieur du bâtiment.

— Mais, bon sang, pourquoi avez-vous laissé passer ces fachos ?

— Ils avaient leurs billets, qu'est-ce qu'on y pouvait, nous ?

— Bon, le mal est fait. Rentrez vite maintenant et au moindre débordement, flanquez-moi tout ça dehors.

Un quart d'heure plus tard, le concert était interrompu. La bande de Wagner avait commencé par des sifflets puis, non contents de huer l'artiste, ils avaient jeté sur la scène toutes sortes de projectiles : des œufs, des tomates, des bouteilles en plastique, des canettes. Certains avaient même entrepris de déboulonner les fauteuils pour leur faire prendre le même chemin. Les deux malheureux vigiles étaient débordés. Yann, furieux mais encore maître de lui, avait alors prié le public de sortir dans le calme. Une fois la salle évacuée, il sauta de la scène sur Wagner qui, en contrebas, le narguait ouvertement. Une belle empoignade suivit, les deux hommes roulant à terre, agrippés l'un à l'autre. Très vite, il apparut que Yann ne faisait pas le poids. L'arcade sourcilière fendue, le nez en sang, il peinait à rendre les coups et lâcha prise. Tandis qu'il se relevait difficilement, Wagner enfonça le clou.

— Pas étonnant qu'elle en redemande, ta nana, avec une chiffe molle pareille !

— De quoi tu parles ?

— Alors, elle t'a rien dit, la petite pute ? L'autre jour, au mariage de son frère, elle avait beau gueuler, elle y est passée quand même ! Ça c'est sûr, elle est bonne… Et si c'était à refaire…

Il n'eut pas le temps de finir sa phrase. Les yeux exorbités, Yann se jeta à nouveau sur lui et lui assena un crochet du droit qui le fit vaciller. Puis il le saisit à la gorge et commença à serrer avec une force insoupçonnable. Paulo, le batteur du *Sursaut*, n'eut que le temps d'asséner au jeune homme un grand coup de la batte de base-ball dont il ne se séparait jamais. Les gendarmes, appelés en renfort, mirent fin à la rixe. Wagner, menotté pour être amené au poste, réussit à se dégager quelques secondes et s'approcha de Yann, encore à terre : « Tu me le paieras un jour, sale enflure. Crois-moi, je vais te crever ! ».

Une compresse sur la nuque, Yann était étendu sur le petit canapé de la loge. Il ne décolérait pas. C'était la goutte d'eau qui faisait déborder le vase. Sa décision était prise, il fallait parler à Jessica. Vite. Très vite.

Jusqu'alors, il avait voulu la préserver, mais peut-être comme une fleur dans une serre. Il respectait son silence, son désir d'indépendance. Il faisait tout ce qu'il pouvait pour elle, n'attendant rien de précis en retour sinon sa présence ponctuelle, sa fraîcheur, ses caresses dont il ne pouvait plus se passer. Mais il n'avait pas été là pour la protéger quand elle en avait eu besoin. Il n'avait pas su voir sa peine, il n'avait pas été capable de lire en elle. Alors, il était temps désormais d'assumer pleinement son rôle de compagnon. Stimulé par sa colère, son esprit peu à peu élaborait un plan. Mais le temps était compté. Le prochain rendez-vous avec le docteur Véry serait déterminant, il devait dévoiler ce plan à la jeune femme, plus que jamais.

La nuit était très douce comme savent l'être ces nuits d'août où l'air brusquement devient immobile. Un calme absolu, profond, laissant à la voûte étoilée sa place majestueuse. Toutes les baies du loft étaient ouvertes, les braises du barbecue rougeoyaient encore faiblement, sur la table ne restait que la bougie à la citronnelle dont la flamme jaune projetait sur la façade en pierre une ombre vacillante. Yann et Jessica étaient allongés sur des chaises longues. Ils laissaient la quiétude ambiante les emplir totalement. Une quiétude favorable aux confidences.

C'est Yann qui commença. Pour la première fois depuis leur rencontre, il se raconta, sans fard, sans mensonge. Il lui parla de son enfance, des coups et des cris, de la peur au ventre omniprésente, de la haine qui empoisonne le sang au compte-gouttes, jour après jour, des marches dans les vignes. Il lui raconta les copains d'école, pas mieux lotis, la misère des campagnes derrière les portes closes des fermes, à l'ombre des châteaux prestigieux. Il lui raconta la tentation de la violence et de la dérive quand tout semble inutile. Il lui raconta sa vocation, sa rencontre avec Victor et la musique. Il lui raconta comment la vie n'est pas toujours écrite d'avance et que le destin, parfois, peut vous jouer des tours. De bons tours.

Elle l'écoutait, muette et attentive, émue de découvrir les failles derrière l'image d'homme solide et déterminé qu'il lui avait donnée jusqu'alors. Et la brèche soigneusement colmatée depuis ce jour maudit s'ouvrit tout à coup. Mêlant les larmes aux paroles, elle lui raconta le viol, l'innocence perdue, la trahison de Jason, la détresse et la rage aussi qui chaque jour lui rongeaient un peu plus les entrailles.

Ils se parlèrent longtemps, se dépouillant au fil des mots des atours trompeurs de la séduction. Leurs âmes se virent nues et s'éblouirent encore.

Ils surent que leurs sentiments seraient plus forts que tout. Alors, seulement, il lui expliqua ses projets.

Ce soir-là, ils ne firent pas l'amour. Ils se tenaient par la main, doigts solidement emmêlés, observant sans les voir les étoiles filantes qui striaient le ciel pour quelques heures encore. La fraîcheur de l'aube, enfin, les poussa à rentrer.

Début novembre 2016
Adil

Sofiane ne décolérait pas. Adil était d'une imprudence incroyable, faisant tout et n'importe quoi pour impressionner cette gamine dont il s'était entiché en fin d'année scolaire. À fréquenter plus souvent les bars autour du lycée que les salles de cours, voilà ce qui pouvait arriver. Et pourtant Sofiane surveillait ses frères de près, en particulier Adil dont il déplorait le caractère faible et influençable. Un paresseux, avec ça. Sofiane n'en revenait toujours pas qu'en travaillant aussi peu on puisse atteindre la dernière année du lycée. Toute la famille finissait par y croire et commençait même à faire, pour le jeune homme, des rêves d'un avenir plus prometteur que celui de ses aînés. Et cette fille menaçait de tout faire échouer.

Au début, elle avait battu froid à Adil, elle n'était pas libre. Son frère avait traîné son désespoir pendant plusieurs mois, passant plus de temps à bricoler son scooter qu'à apprendre ses cours. Personne ne comprenait comment il avait réussi le fameux examen, lui le premier. Le hasard, sans doute. Et voilà que depuis plusieurs semaines, elle avait réapparu dans le paysage. Gentille, affectueuse, disponible. Adil n'en revenait pas d'une telle chance, une chance qu'il ne comptait pas laisser passer. Il lui fallait de l'argent, il voulait la gâter, et ce n'était pas son BTS de dessinateur industriel qui allait lui en fournir, d'autant qu'il n'était encore qu'en première année. Alors il voulait faire des extras. Il savait d'où son grand frère tirait l'essentiel de ses revenus, les costumes de marque et la belle voiture, lui aussi en rêvait. Dès les vacances scolaires, il avait fait les yeux doux à Sofiane pour entrer dans son petit business et celui-ci s'était vite laissé convaincre. Un peu de livraisons locales, du porte-à-porte sur mesure. Un jeune en scooter, quoi de plus anodin ?

Sofiane était satisfait de ses affaires. Mais tout s'était compliqué quand, au début de l'été, il avait fallu obéir au gang du Médoc, pas des tendres ceux-là. Il fallait écouler une partie de leur colombienne, vite et discrètement. Passer à la vitesse supérieure n'avait pas plu à Sofiane, son petit trafic local de cannabis lui suffisait : peu de risques et de bonnes rentrées, pourquoi chercher autre chose ? Mais il n'avait pas vraiment eu le choix et c'est le couteau sur la gorge, littéralement, qu'il avait dû obéir. Heureusement que Wagner et son gitan avaient trouvé un nouveau filon, les camps de la région toulousaine, pour écouler le stock.

On peut dire que tout avait roulé sans problème jusqu'à la livraison en automne dans le Médoc. Deux paquets de la cargaison de cocaïne que Sofiane devait vendre avaient disparu. Adil avait dénoncé le gitan, une information de première main d'après lui. Il n'en avait pas dit plus. Ceux du Médoc s'en étaient occupés, à leur manière. Costaud le gitan, même passé à la moulinette il avait continué à nier, et pourtant l'un des paquets avait été retrouvé dans sa voiture. Bien planqué dans la portière avant. Le con.

Depuis, tout le monde faisait profil bas. Sans compter que les flics de la brigade des stups de Bordeaux ratissaient le terrain à la recherche d'informations, ce n'était pas le moment de se faire remarquer. Là-bas, du côté de l'océan, les arrestations s'étaient multipliées. Ici, le trafic avait été mis en veilleuse, on attendait que ça se calme.

Et voilà que cet imbécile d'Adil avait voulu faire du zèle pour épater sa nana. Il s'était lancé dans les cambriolages, mettant tous les gendarmes du coin sur le qui-vive. Comme s'ils avaient besoin de ça en ce moment ! Il fallait rester discrets le temps que ça passe et Sofiane devinait que ce serait long.

La Mercedes entra dans le petit hameau et se gara le long de la maison, en bordure du trottoir. Sofiane savait qu'en milieu d'après-midi il serait tranquille, les petits frères à l'école et les parents dans les vignes. Il entra dans le pavillon, il avait toujours la clé. Vide. Une bonne odeur de *méchouia* embaumait la cuisine, chassant difficilement les relents d'humidité qu'exhalaient les murs. Petit loyer, petit confort. Adil était dans la courette, le nez dans le moteur de son scooter. Relevant la tête, il vit son frère et blêmit.

— Rentre, ordonna Sofiane.

— Pas question.

— Rentre ou je viens te chercher !

Adil s'exécuta, tête basse.

— C'est quoi cette histoire de cambriolages ?

— Pas grand-chose, pas la peine d'en faire une histoire. Trois-quatre maisons vides, c'était tentant. Et sans risque. Personne n'est au courant, je te jure !

— Personne au courant ?! Tous les gendarmes du coin sont en alerte, tu le réalises, ça ? Tu as bien conscience que ce n'était vraiment pas le moment d'attirer l'attention sur nous ? Les ordres étaient clairs, non ?

— Mais, je ne voulais pas, s'excusa Adil, penaud.

— Il fallait y penser avant. Approche.

Et, disant cela, il défit la boucle de son ceinturon. Une fois la correction terminée, Sofiane obligea Adil à lui remettre son butin. Meurtri et humilié, celui-ci s'exécuta sans broncher.

— Tu n'as encore rien écoulé, au moins ?

— Non, je te jure.

— Rien à ta copine non plus ?

— Rien.

Sofiane tria le tas de bijoux par catégorie : montres et bagues d'un côté, chaînes, boucles d'oreilles et bracelets de l'autre. Plutôt doué le gamin, puisqu'il avait réussi à amasser presque une cinquantaine de bijoux, en or surtout. Empaquetant les parures en petits sachets, Sofiane récupéra le tout et quitta la maison familiale, laissant Adil au comble de la colère et de la peur.

Il n'avait pas tout dit à son frère, sinon celui-ci l'aurait tué, il en était sûr.

Ces cambriolages avaient été un jeu d'enfant. Tant de maisons dans le coin étaient des résidences secondaires ! Les Bordelais y venaient de temps à autre quand il fallait tondre la pelouse et tailler les arbres fruitiers. Ça laissait des créneaux de tranquillité. Avec ses potes, il y avait belle lurette qu'ils savaient utiliser tournevis et pieds-de-biche pour forcer des portes qui se laissaient dégonder aussi facilement qu'on ouvre un couvercle de pot de confiture. Dans ces maisons froides et désertées, il n'y avait qu'à se servir.

Adil s'était même amusé à cambrioler des petits vieux en pleine journée. Ils étaient au jardin, penchés sur leurs carrés de légumes, binette et sulfateuse à la main. Sourds comme des pots, sûrement. Bon, pas grand-chose à prendre chez eux, pas d'ordinateur, pas de chaîne hi-fi. Mais dans leur chambre qui sentait la poussière et le renfermé, sur la commode il avait trouvé une petite boîte en nacre contenant un vrai petit trésor : des boucles d'oreilles, une chaîne, une médaille pieuse, un jonc, le tout en or, évidemment. En deux secondes l'ensemble était dans sa poche, il n'avait eu qu'à sortir, ni vu ni connu, par la porte ouverte de la cuisine. C'est de là que lui était venue l'idée de faire cavalier seul et de ne s'intéresser qu'aux bijoux. Les affaires de Sofiane étaient en panne, il fallait bien trouver une autre occupation.

Il s'était bien gardé d'avouer à son frère que, la veille, l'alarme de la maison cambriolée avait retenti, faisant sortir le voisin de son jardin. Quelle idée absurde aussi de s'en prendre à une maison du hameau. Mais il la voyait depuis tant de semaines, les volets clos et le jardin abandonné. Un divorce, soi-disant. Comment aurait-il pu imaginer que dans une bicoque si modeste les propriétaires aient investi dans une alarme ? Il avait enfourché son scooter et s'était enfui, abandonnant dans l'affolement sur place le tournevis qu'il avait utilisé pour fracturer la serrure. Le voisin l'avait-il vu ? L'avait-il reconnu ? Il sortit son téléphone de sa poche pour appeler sa chérie. Elle saurait le conseiller, elle avait toujours de bonnes idées. Et surtout, il voulait lui offrir les bijoux qu'il avait gardés pour elle. Cet imbécile de Sofiane n'avait pas d'ordre à lui donner, après tout c'était son butin, il en faisait ce qu'il voulait.

Guillemette sentait monter en elle une pointe d'excitation sans vouloir se l'avouer. Elle devait retrouver Victor pour qu'il l'accompagne chez l'ami viticulteur dont les parcelles de vigne avaient été vandalisées au printemps. Pour une fois, elle avait fait un petit effort vestimentaire, jean slim et veste cintrée sur une jolie chemise en lin, boots à talons, sans compter un maquillage léger qui lui donnait bonne mine. Elle se sentait féminine, une sensation délicieuse qu'elle n'avait pas connue depuis longtemps.

Quand elle arriva chez le carrier, elle eut une déception. Il n'était pas seul. Un individu petit et corpulent discutait avec lui devant la maison. Garant sa voiture au fond de la cour, elle s'approcha des deux hommes.

— Bonjour capitaine, comment allez-vous ? l'accueillit chaleureusement Victor.

— Très bien, merci. Vous aussi ?

— Oui, oui. Je vous présente mon ami Augustin. Mon âme sœur.

Guillemette serra la main du Gros, dont le regard franc et pétillant la mit immédiatement en confiance.

— Ton âme damnée, oui, répondit Augustin avec un grand sourire.

— Je ne vous propose pas d'entrer, notre ami Philippe nous attend, mieux vaut ne pas tarder. Je vous amène ?

— Avec plaisir.

Guillemette suivit les deux amis jusqu'à la Duster de Victor. Dix minutes plus tard, ils arrivaient sur la propriété de Philippe Delagre. Une bâtisse sobre, un parc aux arbres centenaires, un chai imposant et, tout autour, des vignes bien entretenues. Au bout des rangs, quelques rosiers fleurissaient encore.

La femme de Philippe, Delphine, une grande blonde au regard très doux, leur ouvrit la porte. Elle embrassa les deux hommes avec affection et salua aimablement Guillemette.

— Philippe est dans son chai. C'est la fin des écoulages, en ce moment je ne le vois pas beaucoup.

— On va le retrouver là-bas. Je suis sûr que ça intéressera la capitaine.

— Certainement. Et ça me rappellera quelques lointains et bons souvenirs. Mon mari était viticulteur, c'est un travail que je connais.

Dans le chai, les cuves en inox s'alignaient de part et d'autre d'une allée peinte en rouge carmin, creusée en son centre d'une rigole. En haut de la passerelle reliant le sommet des cuves, un homme en bleu de travail et bottes de caoutchouc était penché sur l'une d'elles. Victor le héla. Il referma le couvercle et descendit à la rencontre des visiteurs. Une sorte de géant barbu, à l'allure débonnaire. Il tendit à Guillemette une main noircie par le marc puis embrassa ses amis.

— Toujours content de ta récolte ?

— C'est sûr ! Et pas qu'un peu ! Tenez, goûtez-moi ça, dit-il à ses invités en s'approchant de l'une des cuves. Il dévissa un petit robinet et fit couler dans trois verres le précieux liquide vermillon.

Le nez en était discret encore, mais le fruit explosait en bouche. Prometteur, ça ne faisait aucun doute. Après avoir goûté deux autres cuves aux assemblages variés, le petit groupe prolongea la visite par le chai à barriques où les fûts de chêne, pleins jusqu'à la garde de la récolte des années précédentes, reposaient sagement sur un lit de gravier. Utilisant la pipette abandonnée sur l'un d'eux, Philippe remplit à nouveau le verre de ses visiteurs, fier du résultat de son travail. Une fois encore, les éloges fusèrent.

Puis ils rentrèrent retrouver Delphine qui les attendait dans le salon. Sur la table basse un apéritif était préparé, chiffonnade de jambon Bellota, tuiles au fromage, grattons, amandes grillées.

— Installez-vous dit Philippe à ses amis. Je monte me changer, j'en ai pour cinq minutes.

Chacun prit place autour de la table basse. Guillemette se sentait aussi à l'aise que si elle s'était trouvée parmi des amis de longue date. Philippe réapparut très vite, en jean et chemise à carreaux, une bouteille dans chaque main.

— Je vais vous faire goûter mes chouchous. Mon dernier Entre-deux-Mers et mon *Blanc Barrique*, une cuvée spéciale.

Il remplit les verres de chacun de la première bouteille et s'assit enfin à côté de son épouse.

— Alors, qu'est-ce qui vous amène sur mes terres, capitaine ?

— Une enquête sur un gitan du coin retrouvé assassiné sur une plage de Montalivet. Nous avons repéré près de son camp un tas de piquets métalliques. Votre ami Victor m'a dit qu'ils pourraient vous appartenir.

Disant cela, elle se leva pour montrer à Philippe la photo des piquets sur son téléphone. Philippe les observa attentivement avant de répondre.

— Oui, ce pourrait bien être les miens, même taille, même style. Ils m'ont saccagé toute une parcelle de plants de Colombard, ces salopards. C'est un cépage rare dans la région sur lequel je fondais pas mal d'espoir pour sortir de nouvelles cuvées. Vous savez capitaine, dans notre métier, il ne faut jamais s'endormir sur ses lauriers mais essayer de toujours innover, toujours se surpasser.

— Je comprends. Pensez-vous qu'il puisse s'agir d'un simple acte de malveillance ?

— De la part des gitans ? Certainement pas. Je les connais, seuls les piquets pouvaient les intéresser, pour la ferraille. Mais les plants, c'était pour des commanditaires avertis. Aucun plant ne peut circuler sans le bulletin de transport du pépiniériste, c'est donc que les malfaiteurs avaient une filière pour les écouler.

Échauffé par la colère qu'il ressentait encore, il se leva pour servir à ses invités le vin de la deuxième bouteille. Guillemette en profita pour reprendre la parole.

— Tant que j'y suis, j'aimerais aussi en savoir plus sur un tailleur de pierre, Yann Couderc. Je crois que vous le connaissiez.

— Bien sûr ! Un gentil garçon, excellent guitariste. Il accompagnait souvent ces deux gaillards, et il pointa ses amis du doigt, pour venir dîner quand leur frigo était vide. Ce qui était assez fréquent.

Delphine acquiesça en souriant.

— Quelqu'un parmi vous connaissait-il sa petite amie ?

— Non, non, aucun d'entre nous, je crois, répondit très vite Augustin. Ce n'est un mystère pour personne qu'il tenait à la garder loin des prédateurs que nous sommes, ajouta-t-il avec un clin d'œil.

— J'ai retrouvé sur son bureau et dans son ordinateur quelques documents qui me laissent à penser que Yann était très impliqué dans les mouvements écologistes locaux. Vous pourriez m'en dire un peu plus là-dessus ? reprit avec sérieux la capitaine.

Cette fois-ci, c'est Delphine qui accapara la parole.

— Je milite dans un petit parti écologiste, Les Nouveaux Eco Citoyens, et, sans être véritablement affilié au parti, Yann assistait régulièrement à nos réunions. Il était très impliqué dans la défense de la faune et de la flore locales et s'était totalement investi dans le cas de l'étang de Laubian. Vous connaissez cet étang, capitaine ?

— C'est celui au bord duquel est installé le camp de gitans ?

— Exactement. On voulait le faire classer en réserve naturelle, d'autant que Yann avait découvert des failles dans le barrage de retenue du deuxième étang, celui que la maire de Beaulieu exploitait. C'est la propriétaire, elle s'appelle madame Fontanelle. Vous la connaissez ?

— Non, pas encore.

— Nous avons multiplié les campagnes d'information et les alertes auprès des élus locaux. En vain. Et nous avons abandonné la lutte après l'accident.

— De quel accident parlez-vous ?

— C'était au 15 août, cet été. Nous avions organisé un grand rassemblement en bordure du lac, histoire de bloquer son accès aux baigneurs, nombreux lors des jours fériés. Un grand manque à gagner pour madame Fontanelle. Alors, à midi, tandis que nous relâchions un peu notre vigilance, elle a envoyé contre nous ses chiens de garde. Les plus fachos de son parti politique de fachos. Des gros durs, menés par une ordure qui avait déjà agressé Yann quinze jours plus tôt lors de son concert.

— Un certain Wagner, non ?

— Exactement. Ils sont arrivés avec des battes de base-ball, des barres de fer, des bombes lacrymogènes. Et ils se sont jetés sur nous. Vous imaginez la panique générale ! Tout le monde s'enfuyait vers les chemins opposés, dans les bosquets. Croyez-moi, personne n'avait vraiment envie de leur résister.

— J'imagine !

— Mais il a fallu qu'un des nôtres, un gamin de dix-sept ans, se mette en tête de marquer le coup. Il a ramassé l'une de leurs bombes lacrymogènes pour la leur renvoyer, elle lui a éclaté dans la main. C'était une fabrication artisanale. Aux urgences, ils n'ont rien pu faire, trop de dégâts, il a fallu amputer deux doigts de la main blessée... Pauvre gosse !

— Il y a eu une enquête ? Des poursuites ?

— Bien entendu. Mais comme il n'y avait pas de responsable désigné, l'affaire a été classée sans suite. Madame Fontanelle a des appuis politiques, vous comprenez.

— Oui, je vois. Mais vous êtes sûre que Yann n'avait pas découvert autre chose ?

— C'était un garçon très secret. Mais je pense, en effet, qu'il avait d'autres pistes car, depuis le début de l'été, il semblait très préoccupé. Un jour, il m'a même dit qu'il avait de quoi faire plier la Fontanelle. Mais il était prudent, il n'était pas du genre à accuser sans preuve.

Victor acquiesça avant d'intervenir à son tour.

— Je ne sais pas s'il peut s'agir de ça mais un soir, il est arrivé à l'atelier très énervé. D'après lui, madame Fontanelle voulait exploiter davantage l'étang. Évidemment, il n'y avait rien d'officiel.

— Il n'empêche, ajouta Augustin, que le bruit de l'éviction des gitans de leur camp se répandait. Elle voulait le faire fermer, soi-disant pour des problèmes d'insalubrité. Il était temps, d'ailleurs, qu'elle se rende compte que ces pauvres gens vivaient dans l'humidité au milieu des miasmes et des moustiques ! Mais voilà, d'abord on fait le ménage puis, dans la foulée, on fait de l'argent.

Guillemette prit mentalement note de toutes ces informations qu'il faudrait vérifier au plus tôt. Elle décida de laisser ses hôtes en paix et changea de sujet en complimentant le viticulteur sur la qualité de ses vins puis en lui posant tout un tas de questions sur sa dernière récolte et sa vinification.

La soirée se poursuivit dans la bonne humeur. Philippe et Delphine proposèrent à leurs hôtes de rester dîner, un petit bourguignon mijotait sur la cuisinière à bois, ils se laissèrent tenter.

Guillemette redécouvrait le plaisir des discussions à bâtons rompus sur les sujets d'actualité, la politique, l'économie, la musique, le tout entrecoupé des bons mots d'Augustin et des éclats de rire tonitruants de Philippe. Elle prit conscience que Victor, sous ses dehors un peu frustes, possédait une culture étendue et cela la séduisit.

Il était tard quand la Duster reprit le chemin de Frontenac. Augustin, qui n'avait pas boudé les bonnes bouteilles ouvertes par Philippe, salua rapidement Guillemette et s'éclipsa vers son studio sans demander son reste. Victor la raccompagna à sa voiture.

— Vous êtes sûre de vouloir rentrer à Bordeaux ? Ce n'est peut-être pas très prudent et j'ai de la place pour vous héberger...

— Non, merci. C'est très gentil mais je suis restée plus raisonnable que votre ami. Et Bordeaux n'est pas si loin.

— Alors vous m'envoyez un petit message quand vous êtes arrivée, promis ?

— Promis.

Et disant cela, elle s'approcha du carrier pour le saluer. Ignorant la main tendue, il la prit par les épaules et la pressa contre lui puis il l'embrassa gentiment sur les deux joues. Elle aima ce contact. Elle aima son odeur.

Et c'est troublée et heureuse qu'elle reprit le chemin de la ville.

Le lendemain matin, trois voitures de la gendarmerie nationale s'engagèrent sur le sentier menant au camp, suivies par la Clio dans laquelle Guillemette et son équipe faisaient le bilan des dernières informations. Par ordre de priorité, il fallait assister à la perquisition du camp, puis faire un tour chez le fameux Wagner et, pour finir, enquêter de plus près sur les activités de madame Fontanelle. De quoi occuper les jours à venir.

Le bruit des gyrophares alerta les gitans et le patriarche vint à la rencontre des forces de l'ordre. Pas content, le vieux. Mais il fallait bien se plier à la loi, il laissa donc les gendarmes faire leur travail, les observant d'un air digne et hautain, ses chiens grognant à ses pieds. Pendant que chaque caravane était passée au peigne fin, Guillemette s'approcha de la petite Bourreau Sologne Baby qui détonait par son aspect désuet et charmant. Celle de la sœur de Jason, d'après Léa. Un jeune homme blond était assis entre celle-ci et une cage à poules grillagée. Il travaillait à la confection d'un berceau en osier si joli, si équilibré, si pur que Guillemette sentit ses entrailles de mère frémir à nouveau. Un peu tard pour la maternité. Mais elle avait un fils qui pourrait bien finir par lui faire un petit. C'était dans l'ordre des choses et, même s'il peinait à construire sa vie, ça finirait bien par arriver.

Sortant de sa rêverie, la capitaine s'approcha du jeune homme qui leva vers elle ses grands yeux bleus, délavés et bordés de longs cils. Un regard d'enfant, tout en naïveté. Léa l'avait prévenue qu'il s'agissait du frère de Jason, le dernier de la fratrie. Guillemette regardait avec fascination la dextérité du jeune homme qui pliait les tiges souples avec aisance malgré une main handicapée par l'absence du majeur et de l'annulaire.

— Bonjour. C'est joli ce que vous faites !

— Merci.

— C'est bien votre sœur qui loge ici ?

— Oui, c'est sa caravane.

— Elle est là ce matin ?

— Non, elle est à la fac. À Bordeaux.

— Ah ! Dommage. Je peux entrer quand même ?

— Faites ce que vous voulez. C'est ouvert.

Guillemette pénétra dans la petite caravane. Simple et bien décorée. Quelques vêtements sur la banquette, des bijoux fantaisie dans un vide-poches, un peu de vaisselle sale dans l'évier. Sur la table, plusieurs livres empilés près de feuilles noircies d'une écriture ronde et régulière. Rien qui puisse paraître suspect. À part le fait qu'on n'y trouvait aucune photo. Les jeunes filles de cet âge n'avaient-elles pas pour habitude d'étaler leur vie en images ?

En sortant, Guillemette retourna vers le jeune homme qui semblait s'être rapproché de la cage à poules. Bizarre quand même, ce choix de lieu de travail quand tout le campement était à sa disposition.

— Votre sœur n'a mis aucune photo dans sa caravane, savez-vous pourquoi ?

— Évidemment ! Elle a tout sur son téléphone, pourquoi voulez-vous qu'elle encombre ses murs ? Ça les abîmerait pour rien.

— Bien sûr ! Et vous, vous n'avez pas de photo de votre sœur ?

— Non, pour quoi faire ? Je la vois tous les jours, ça me suffit. Mais j'ai des photos de mes potes si vous voulez.

Guillemette se sentit tout à coup aussi vintage que la petite caravane. Elle rougit et, pour faire passer sa gêne, se concentra sur l'environnement. Il l'agaçait, ce donneur de leçons et, d'ailleurs, que faisait-il contre cette cage dans l'odeur de fiente et de paille pourrie ? Qu'est-ce qu'il voulait cacher ? Elle appela Jérôme et lui ordonna de fouiller le réduit, ce qu'il fit avec un enthousiasme très modéré. Au bout de quelques minutes au milieu des caquètements des volatiles affolés, Jérôme sortit rouge d'excitation, un paquet emballé dans du papier kraft à la main.

— C'était sous les nichoirs, bien planqué dans la paille !

— Montre ça.

Guillemette déballa le paquet. Compactée dans un film plastique, c'était de la poudre blanche. De la cocaïne, cela ne faisait aucun doute. Et tout contre, un autre petit sachet. Léa le vida soigneusement dans sa paume : une chaîne en or délicatement ciselée et un fin bracelet assorti. Guillemette remit le tout dans l'emballage et s'empressa de l'apporter au capitaine de gendarmerie qui dirigeait l'opération. Elle revint vers le jeune homme.

— Vous étiez au courant des trafics de votre frère Jason ?

— Ici, chacun s'occupe de ses affaires, on se mêle pas de la vie des autres. C'est mieux comme ça.

— Peut-être mais vous avez sans doute vu certains de ses complices, non ?

— Je sais pas.

— Et si mes collègues vous amenaient à la gendarmerie de Créon, ça vous rafraîchirait la mémoire ?

— J'ai vu personne, je vous dis. À part peut-être une ou deux fois un grand gars costaud, le crâne rasé, l'air pas commode. Je crois que c'était un de ses copains.

— Vous connaissez son nom ?

— Non. C'est pas mes affaires.

Et replongeant la tête sur sa tâche, Angelo se ferma comme une huître. Guillemette, comprenant qu'elle n'en obtiendrait rien de plus, rejoignit son équipe qui discutait avec les gendarmes. La perquisition était terminée, il fallait maintenant reconstituer le puzzle. Les voitures repartirent en trombe vers le commissariat de Créon.

Angelo sentit une main légère se poser sur son épaule. Il tourna son visage angélique vers ELLE et lui sourit avec candeur.

— J'étais bien ?

— Formidable ! Merci, je savais que je pouvais compter sur toi.

— Quand tu veux, je serai toujours là pour toi, tu le sais.

ELLE posa un baiser léger sur son front et partit vers l'étang.

Fin novembre 2016
La Gretsch

L'équipe était réunie dans le bureau de Guillemette. La fraîcheur hivernale était arrivée brutalement et chacun avait ressorti pull douillet et pantalon chaud. Ses mains entourant une tasse de café fumant, la capitaine fit le point :

— Bon, d'après les gendarmes de Créon, les bijoux pourraient provenir de cambriolages effectués ces derniers temps dans la région. Ils viennent d'arrêter un jeune déjà fiché pour de nombreux larcins, un certain Adil. En attendant leurs conclusions, on repart sur le dossier du tailleur de pierre.

— Pourquoi, vous avez du nouveau ? railla Louis.

— Allez, un peu d'optimisme ! s'exclama Jérôme.

— Peut-être bien, en effet, répliqua rudement Guillemette. Il ne s'était pas fait de bons amis celui-là, à mettre son nez partout. Il faut étendre nos investigations. Jérôme et Léa, vous essayez d'en savoir plus sur la maire de Beaulieu, madame Fontanelle. Louis, tu récupères toutes les informations sur la journée du 15 août à la réserve naturelle de Laubian et les heurts entre écolos et les gars d'extrême droite du parti du Renouveau.

— Et Wagner ? interrogea Léa.

— Dans un ou deux jours, on lui rendra une petite visite. Dès que Louis aura rassemblé plus d'éléments, on aura assez de charges pour organiser une perquisition en règle.

Ses coéquipiers partis, Guillemette s'attela aux tâches administratives qu'elle avait abandonnées depuis plusieurs jours. Mais elle avait la tête ailleurs. Elle s'agaçait de ne pas savoir où chercher le dossier que Yann avait probablement constitué sur la réserve naturelle. La cause de sa mort ?

Son portable sonna. C'était Victor.

— Bonjour capitaine !

— Bonjour monsieur Lacoste.

— Bien remise de vos agapes ?

— Pas de souci, je suis robuste !

— Vous avancez dans votre enquête ?

— Non, pas vraiment, hélas. D'ailleurs je m'énerve avec ça, j'ai l'impression de tourner en rond. Quelque chose m'échappe et je ne sais pas quoi.

— Il vous faut peut-être un éclairage extérieur. Si ça vous tente, dînons ensemble. On reprend tout depuis le début et je vous donne mon point de vue. Je connaissais bien Yann, ça pourrait être utile.

— Pourquoi pas ? Disons demain soir, avant je ne suis pas libre.

— Chez moi ou chez vous ?

— Chez moi, bien que je sois piètre cuisinière. Mais je vous dois bien ça ! Vers vingt heures, au 38 rue des Ayres, troisième étage, ça vous convient ?

— Formidable ! J'apporte le vin.
— Bonne idée, je n'ai pas vraiment de cave.
— Rouge ou blanc ?
— Plutôt blanc.
— Alors à demain. Bonne journée !
— Merci, à vous aussi.

Guillemette raccrocha, pensive. Elle était contente de revoir le carrier, mais l'idée de le recevoir chez elle la stressait un peu. Elle n'avait plus l'habitude d'inviter du monde, sinon de temps en temps une copine célibataire. Ranger, faire la cuisine, se sentir observée et jugée, tout cela lui faisait un peu peur. La sonnerie de son portable interrompit ses pensées.

— Lieutenant Vidal, de la gendarmerie de Créon.

— Bonjour lieutenant. Du nouveau ?

— Oui, on peut le dire. Nous avons cuisiné le gamin, trop jeune pour être coriace. Une bonne prise en tout cas. C'est bien lui l'auteur des vols, un témoin l'a reconnu et son ADN a été retrouvé sur un outil utilisé lors de son dernier forfait. On ne devrait pas tarder à identifier les propriétaires des objets dérobés. Mais ce n'est pas le plus important.

— Vous avez enfin de quoi faire avancer mon enquête ?

— Absolument ! Le gamin était aussi *dealer* à la petite semaine du côté de Castillon. Mais il n'est qu'un rouage d'un réseau bien organisé dirigé par son frère. J'ai envoyé mes hommes cueillir celui-ci. On a apporté la drogue au labo, à vous de contacter vos collègues de la brigade des stups pour en retrouver la provenance. En tout cas, la preuve est faite que votre gitan était bien impliqué là-dedans. Un maillon de la chaîne, si on peut dire.

— Parfait. Je vois ça avec mes collègues et on se tient mutuellement au courant. Merci pour tout, lieutenant.

Plutôt satisfaite du tour que prenaient les événements, Guillemette fonça vers les bureaux occupés par les policiers de la brigade des stups. Finalement le beau gendarme de Montalivet avait raison, Jason ne s'était pas échoué sur sa plage par hasard.

Le lendemain matin, Guillemette se leva tôt pour aller au marché des Capucins. Elle savait qu'elle ne pourrait pas rivaliser avec Victor sur le plan culinaire mais elle voulait quand même l'épater un peu. Et pour cela, il lui fallait de bons produits. À cette heure matinale, les lieux étaient encore tranquilles. Les maraîchers finissaient d'installer leurs étals, quelques personnes âgées arpentaient déjà les allées, traînant derrière elles des caddies à roulettes, emmitouflées dans des manteaux de laine usés. Rien à voir avec l'affluence des week-ends, en particulier des dimanches matins où le marché était devenu, depuis plusieurs années, le repaire des bobos qui s'y délectaient d'huîtres et autres fruits de mer arrosés de vin blanc. Ce qu'elle-même faisait aussi avec plaisir, à l'occasion, quand elle trouvait une bonne amie pour l'accompagner.

Elle prit deux douzaines d'huîtres, celles du banc d'Arguin qu'elle trouvait encore meilleures, puis opta pour du saumon sauvage qu'elle ferait en blanquette, des pommes de terre de l'île de Ré, quelques fromages et des mangues mûres à point.

Elle se sentait comme une gamine de vingt ans, excitée et inquiète. Une sensation délicieuse qui l'arrachait à son morne quotidien.

La journée lui sembla à la fois trop courte et interminable. Elle tenta d'être efficace au travail mais la tête n'y était pas et c'est avec soulagement qu'elle vit enfin la pendule de son bureau afficher dix-huit heures. Il n'était pas courant qu'elle parte si tôt et tous affichèrent un réel étonnement. Qu'importe, elle n'avait de comptes à rendre à personne. De retour chez elle, elle entreprit quelques ultimes rangements pour que son appartement ait l'air pimpant, puis se mit en cuisine après avoir dressé un joli couvert sur la table du coin salle à manger. Enfin, elle fila vers la salle de bains pour se faire belle.

À vingt heures précises, la sonnette retentit. Guillemette sentit son cœur battre de façon irrationnelle, ce qui l'agaça au plus haut point... En voilà bien des histoires, se dit-elle, pour un simple dîner. Elle ouvrit la porte à Victor, visiblement aussi intimidé qu'elle. Il était encombré d'une bouteille de vin blanc dans une main, d'un petit bouquet de roses dans l'autre et semblait mal à l'aise si loin de son espace vital habituel. Elle le fit entrer et le débarrassa de ses présents.

— Vous avez trouvé sans problème ?

— Oui, bien sûr. Je suis venu souvent pour le chantier de la cathédrale, alors je connais le quartier comme ma poche.

— C'est vrai, je n'y avais pas pensé, tant mieux !

— Et votre rue est très jolie, votre immeuble aussi, quant à la librairie au rez-de-chaussée, elle vous met tout de suite dans le bain : « Nuits noires », très engageant comme programme !

— Vous préféreriez peut-être « Nuits blanches » ?

Aussitôt elle rougit, réalisant que sa repartie pouvait avoir une connotation aguicheuse. Elle le poussa vers le canapé et lui tendit un verre pour lui éviter de répondre. Il avait un petit air de premier communiant avec sa chemise bien repassée, ses chaussures bien cirées et ses cheveux bien coiffés. Elle devina qu'il avait fait des efforts pour donner une image de lui plus policée qu'à l'habitude et cela la toucha.

Victor avait apporté la cuvée spéciale de Philippe Delagre et, très vite, l'ambiance se détendit. D'autant qu'elle le mit au travail en lui faisant ouvrir les huîtres. Manches retroussées, couteau et torchon à la main, il reprit rapidement son assurance naturelle, ouvrant vite et bien les coquilles qu'elle disposait ensuite sur leurs assiettes respectives.

Le dîner fut très réussi. Les plats cuisinés par Guillemette remportèrent un franc succès et la complicité née lors de leur premier repas revint tout naturellement. Ils se racontèrent leurs vies. Ils avaient quasiment le même âge, ils avaient franchi les mêmes étapes, alors ils parlaient le même langage. En toile de fond, la *playlist* préparée par Guillemette meublait les silences, rares, qui ponctuaient leurs confidences. Quand la voix de Charles Pasi emplit la pièce, Victor sursauta.

— Vous connaissez ce chanteur ?

— Oui, un peu, c'est mon collègue Jérôme qui me l'a fait découvrir. J'adore !

— C'est un chanteur et musicien très apprécié d'Augustin. Il a même écrit un article sur lui dans *Rock & Folk* l'hiver dernier. Et surtout, il l'a fait découvrir à Yann.

— Il a aimé ?

— Plus que ça. Il a voulu l'imiter, c'est pourquoi il s'est lancé lui aussi dans la chanson. Finies les reprises des meilleurs rockeurs, il a créé son propre répertoire, paroles écrites par Augustin, mélodies composées par lui-même. Une belle association qui aurait sans doute connu des heures de gloire sans cette fin affreuse.

Un ange passa. Victor avait de la peine et Guillemette respecta son silence. Mais rapidement, elle reprit :

— Je suis désolée de ne pas réussir à trouver l'auteur de ce crime. Et croyez-moi, ce n'est pas faute de chercher. Mais je n'ai aucune piste valable sinon le sordide Wagner ou peut-être madame Fontanelle. Je suis certaine que Yann avait constitué contre elle un dossier accablant, mais je ne peux pas mettre la main dessus. Auriez-vous une idée de l'endroit où il aurait pu cacher ces informations ?

— Aucune, hélas. Vous avez fouillé son loft ? Son atelier ?

— Bien sûr. Tout a été passé au peigne fin. Rien, absolument rien. Il faut réfléchir en prenant en compte ce qui comptait le plus pour lui.

— Facile. Sa nana et la pierre. Sans compter Augustin et moi-même, bien sûr, ajouta-t-il en souriant.

— Vous ne m'aidez pas vraiment. Je croyais que vous étiez venu pour ça, non ?

— Pas seulement…

Et, joignant le geste à la parole, il se leva et s'approcha d'elle pour caresser ses cheveux. Puis il la prit dans ses bras. Tétanisée, elle se blottit contre son torse, respirant cette odeur de parfum poivré et d'homme qui l'avait émue à leur premier contact. Et, levant la tête vers lui, elle se laissa embrasser.

Le soleil s'infiltrant à travers les stores réveilla Guillemette bien après l'heure habituelle de son lever. Elle se tourna vers Victor qui dormait encore, les cheveux en bataille et la couette ramenée sous le menton comme l'enfant sage qu'il avait sans doute été. Elle se garda bien de le réveiller, savourant encore un peu le plaisir de sentir un corps d'homme contre le sien. La nuit avait été bouleversante. Elle pensait avoir fait pour toujours le deuil de sa féminité mais, au contact de Victor, elle avait retrouvé intactes ses pulsions, sa fougue, l'envie et le plaisir de voir celle-ci rassasiée. Des sensations nouvelles. Elle retrouvait ses vingt ans mais en mieux.

Intimidée à l'idée que Victor la voie nue dans la lumière crue du matin, elle se glissa doucement hors du lit pour préparer le petit-déjeuner. L'odeur du café se diffusa dans l'appartement et Victor apparut bientôt sur le seuil de la porte, en caleçon et chemise, un tendre sourire sur les lèvres.

Elle aurait aimé qu'il reste un peu mais, la dernière bouchée de pain grillée dans la bouche, il reprit le chemin de sa carrière où son travail l'attendait, laissant Guillemette encore tout étourdie. Il fallait qu'elle se reconnecte avec la réalité et vite. Elle décida que le jour était bien choisi pour aller faire un tour chez Wagner, un bon moyen de remettre les pieds sur terre.

À son arrivée au commissariat, personne ne se hasarda à faire la moindre réflexion. C'était la chef, après tout, elle était libre de disposer de son temps comme bon lui semblait. Elle réunit son équipe dans son bureau, puis, une fois la distribution traditionnelle de café terminée, elle leur dévoila ses projets. Louis avait accumulé suffisamment de preuves de l'implication de Wagner dans différentes voies de faits l'été passé, au premier rang desquelles l'agression de Yann et les affrontements contre les écolos, pour que cela justifie une petite visite.

Ils peinèrent à trouver la ferme où, d'après les gendarmes, Wagner et ses musiciens habitaient et travaillaient. L'entrée du chemin menant à la maison des vignes n'était pas indiquée et ils firent trois fois demi-tour avant de s'y engouffrer. Après plus de cinq cents mètres où Jérôme tenta tant bien que mal d'éviter de profondes ornières, ils arrivèrent devant une fermette en moellons entourée d'un pré mal entretenu ouvert sur les vignes. Un chêne centenaire semblait monter la garde devant la cour où stationnait une camionnette blanche. Un vélo contre le mur, une brouette abandonnée près de la porte d'entrée, chargée de bûches, des caisses de recyclage remplies de bouteilles de bière. Rien de bien spécial. Les policiers sortirent prudemment de la voiture, ils craignaient un chien hargneux mais c'est un vieux chat noir qui vint à leur rencontre en miaulant misérablement.

Guillemette et Louis frappèrent à la porte tandis que Léa et Jérôme partaient faire le tour de la maison. Une femme grande et plantureuse leur ouvrit. Elle avait dû être belle dans sa jeunesse, avec son petit air de Marianne Faithfull, mais le temps avait empâté ses traits, enrobé sa silhouette. La capitaine sortit sa carte et lui expliqua la raison de leur visite. La femme les envoya vers une petite grange d'où s'échappaient les notes métalliques de percussions.

Laissant Louis et Léa en faction devant la porte, Guillemette et Jérôme pénétrèrent silencieusement à l'intérieur. Sur un podium en bois vivement éclairé par une lampe de chantier, deux des musiciens leur tournaient le dos, absorbés par la prestation de leur camarade qui achevait la reprise du *Drum Solo* de Lars Ulrich. Quand le musicien du milieu se retourna vers eux, la capitaine sut que la pêche était bonne. L'homme baraqué, le crâne rasé, enchaîna en sortant de sa guitare des notes vibrantes. Les policiers étaient dans l'ombre, il ne les avait pas encore aperçus, tout au plaisir de sa musique. Mais Guillemette, elle, avait les yeux rivés sur sa guitare. Une Gretsch, elle en était sûre. Quand l'homme réalisa leur présence, il était trop tard. Son visage se figea sur une grimace de colère. Guillemette et Jérôme s'approchèrent. Sans ménagement, le policier arracha la guitare des mains de Wagner.

— Pas mal votre guitare !

Sur celle-ci, une plaque dorée au nom de la célèbre marque ne laissait plus planer aucun doute.

— Où vous êtes-vous procuré ce petit bijou ?

— Je l'ai achetée cet été.

— Ah oui ? Où ? À qui ?

L'homme resta muet.

— Vous ne l'auriez pas plutôt volé ? Et on sait même à qui ! Un certain Yann Couderc, ça vous dit quelque chose ?

— Oui, c'était sa guitare. Mais je ne la lui ai pas volée, il me l'a vendue. Et cher encore, l'enfoiré.

Guillemette intervint :

— Parfait, vous nous expliquerez ça au poste, monsieur… Wagner Cholme, n'est-ce pas ? C'est bien votre identité ?

— Foutez-moi la paix ! J'ai rien fait ! rugit Wagner, en tentant de s'échapper de la grange.

Jérôme le rattrapa et réussit à lui passer les menottes. Il le poussa dehors vers Louis et Léa, prêts à intervenir. Tandis qu'ils embarquaient Wagner dans la Clio, la capitaine prévint les autres membres de la bande de rester dans le coin en cas de convocation au commissariat. Et la petite troupe reprit le chemin de Bordeaux.

La nuit tombait quand Guillemette se décida à quitter l'hôtel de Police. Wagner n'avait pas été mis en garde-à-vue. Questionné toute la journée, il n'avait pas dévié d'un pouce de sa première version selon laquelle Yann l'aurait contacté début septembre pour lui proposer sa guitare contre trois mille euros. Wagner n'avait pas pu résister, cette guitare, il en rêvait depuis qu'il l'avait vue dans la salle des ventes ! Il ne s'était pas posé de question non plus, il avait trouvé l'argent, il avait payé, point final. Mais il n'avait aucune preuve de cette transaction à fournir aux policiers... Évidemment. Qui pourrait croire à cette version ? Guillemette, en tout cas, ne pouvait s'en contenter. L'interrogatoire n'avait rien donné de nouveau non plus concernant Yann. Ni sur sa mystérieuse compagne dont Wagner ignorait l'identité. Disait-il. Quant à d'éventuels liens avec Jason, il les niait purement et simplement.

La capitaine n'avait rien de solide qui lui permette de garder l'homme plus longtemps dans ses locaux, il avait fallu le relâcher, avec ordre de ne pas s'éloigner et de rester à la disposition de la police.

Prudente, elle avait quand même posté deux hommes en surveillance près de la maison des vignes pour que l'oiseau ne s'envole pas.

Elle avait envie d'appeler Victor pour lui raconter sa journée mais il n'avait pas donné signe de vie depuis son départ matinal. Elle n'osait pas faire le premier pas, de peur de paraître trop empressée, alors elle attendait qu'il prenne l'initiative. Un drôle de jeu où l'on est vite perdant.

Bien au chaud dans son petit appartement, seule devant un bol de soupe, elle se repassait en boucle les derniers événements. Et si Wagner disait vrai ? Et si l'argent trouvé chez les parents de Yann provenait de cette étonnante transaction ? Mais Wagner avait donné trois mille euros, alors d'où provenaient les sept mille euros restants ? Aucun des billets retrouvés n'était répertorié, pas facile dans ce cas de remonter la piste. Et pourquoi Yann aurait-il vendu son plus cher trésor à son pire ennemi ? Pour mettre la police sur la trace de Wagner ?

Autant de questions auxquelles sa nuit agitée n'apporta aucune réponse. Guillemette se leva, fatiguée. Derrière les vitres de la cuisine, la pluie tombait en crachin, faisant écho à son humeur. L'odeur du café était la même que la veille mais il n'avait pas le même goût. Elle se demanda si elle n'avait pas rêvé cette soirée et cette nuit avec Victor. Avant ce soir-là, elle n'avait pas conscience de sa solitude et s'en accommodait parfaitement. Maintenant, elle se sentait désemparée et vide.

N'ayant pas pour habitude de se lamenter trop longtemps sur son sort, elle décida que le meilleur moyen de ne pas penser à Victor serait d'occuper totalement son esprit dans une quête, une seule, trouver l'endroit où Yann aurait pu cacher les informations qu'il avait récoltées. Quand elle sortit dans la rue des Ayres, l'air glacial la saisit. La ville frissonnait dans la bise de novembre qui faisait tourbillonner feuilles mortes et papiers sales, les auvents des boutiques s'égouttaient sur les passants, les pavés des trottoirs luisaient d'humidité. Guillemette remonta le col de son manteau et marcha d'un pas rapide vers la station de tram.

Décembre 2016
Augustin

Laure Fontanelle enfila ses bottes en caoutchouc, sa vieille veste Barbour et claqua derrière elle la porte de l'office. La cour du château avait triste mine en ces premiers jours de décembre. Le feuillage noirci des arbustes témoignait des premiers assauts du gel, le gazon était parsemé de touffes de chiendent, les érables récemment élagués tendaient vers le ciel gris leurs tristes moignons. Laure n'aimait pas l'hiver et ses courtes journées qui la condamnaient à passer trop de temps cloîtrée entre ces vieux murs, au coin du feu et en tête-à-tête avec Armand. Non qu'il l'insupporte plus qu'à l'accoutumée, mais elle savait qu'il désapprouvait certaines de ses décisions et cela la mettait mal à l'aise. La stabilité de leur couple était pour elle un des garants de son propre équilibre, alors elle ne voulait pas que ses affaires puissent la menacer. Mais il fallait bien avancer, elle n'avait plus le choix.

Elle prit le chemin de l'étang. Sur son passage, quelques canards s'envolèrent bruyamment, laissant des ondes concentriques à la surface des eaux sombres. Elle contourna la petite plage et les portiques vides de leurs agrès et s'avança vers les champs labourés. Le géomètre et le chef de chantier l'attendaient près d'une cabane temporaire en tôle qui faisait office de bureau. Ils se saluèrent brièvement et, sans perdre plus de temps, entrèrent dans le vif du sujet. Sur une table de fortune, le chef de chantier déroula les plans du golf qui devait voir le jour sur les terres de madame Fontanelle d'ici une quinzaine de mois. Des liserés verts délimitaient le terrain du parcours, des hachures bistre pour l'espace dévolu au club-house et au projet immobilier, des stries bleues pour l'espace de baignade que les eaux du lac devaient alimenter. Une véritable base nautique pour remplacer la petite plage, Laure en rêvait depuis si longtemps ! Le golf était l'affaire d'investisseurs étrangers, des Canadiens qui avaient compris l'intérêt stratégique de cette belle campagne si près de Bordeaux et de Saint-Émilion. Mais la base nautique, c'était son affaire.

Le projet ne s'avérait pas simple à mettre en place, voilà plusieurs mois qu'ils y travaillaient. Il avait fallu vaincre la résistance des fédérations de chasse locales qui craignaient pour leur gibier, il avait fallu faire les yeux doux à la communauté de communes, chacune d'entre elles essayant de tirer la couverture à elle pour avoir des retombées économiques. Des sommes colossales étaient mobilisées par les investisseurs, les différents acteurs du projet avaient tout à y gagner... Ou à y perdre. Enfin, il avait fallu signifier aux gitans la fermeture de leur camp et ça n'avait pas été facile. Six mois déjà que Laure Fontanelle avait rencontré le patriarche pour lui expliquer la situation. Mais il faisait la sourde oreille et toute sa communauté avec lui. Elle lui avait donné quinze jours encore, ensuite elle ferait évacuer le camp par les forces de l'ordre. Après tout, elle avait été bien bonne de leur céder ce terrain pendant tant d'années, ils se croyaient chez eux mais c'était sa propriété, elle saurait faire valoir ses droits !

Elle se concentra à nouveau sur les plans colorés et les paroles du chef de chantier. Celui-ci souhaitait faire vite, car les commanditaires s'impatientaient. Une fois les gitans partis, le chantier pourrait démarrer. Une première tranche de travaux devait être terminée pour l'été de l'année suivante, un parcours de neuf trous, un club-house et l'espace aquatique. Pour le reste du parcours et des projets immobiliers, on verrait dans un deuxième temps.

Laure Fontanelle donna son avis, posa quelques questions puis, après avoir salué les deux hommes, elle reprit, soucieuse, le chemin qui la menait vers la plage. Où cet imbécile de tailleur écolo avait-il pu cacher son dossier ? Si la police le trouvait avant elle, elle perdrait tout... L'héritage de ses parents qu'elle avait investi dans ce projet, l'estime de ses proches, sa crédibilité politique et son honneur, tout simplement. Wagner n'avait rien trouvé chez Yann Couderc, mais il savait davantage se servir de ses muscles que de son cerveau, elle n'était pas certaine de pouvoir lui faire confiance. Il faudrait peut-être qu'elle s'en occupe elle-même.

Elle se remémora ce jour de septembre, le 5 du mois précisément, où le tailleur de pierre l'avait appelée pour prendre rendez-vous à la mairie, un endroit neutre, disait-il. Elle l'avait reçu dans son bureau, prenant sa place habituelle devant la grande table de travail en noyer, sous la photo officielle du président de la République ; il fallait bien l'impressionner un peu. Et là, il lui avait déballé le résultat de toutes ses recherches. Un frisson glacé lui parcourut le dos à l'évocation de ce pénible souvenir. Il avait voulu jouer le maître-chanteur, l'idiot. Comme quoi l'argent pourrissait même ceux que l'on pouvait penser totalement incorruptibles ! Elle en avait éprouvé un fugace regret car, d'une certaine façon, elle admirait ce garçon talentueux et engagé. Elle avait fait ce qu'il fallait pour le faire taire.

La pluie commençait à tomber dru quand elle atteignit enfin la cour du château. Sale temps, voilà qui n'arrangerait rien pour l'avancée du chantier. En poussant la lourde porte, elle se dit que ce projet serait le dernier de sa carrière, incontestablement. Elle n'avait plus la force de faire face à tous les imprévus qu'il lui avait fallu gérer, jouer l'équilibriste entre la loi et ses intérêts n'était plus de son âge. Cette fois-ci, elle avait pris trop de risques. Une délicieuse odeur de perdreau aux choux l'attira vers la cuisine. Armand avait fait encore une bonne chasse et elle avait grand faim. La journée, finalement, ne serait pas si désagréable.

Augustin était de mauvaise humeur et ne s'en cachait pas. Il vidait le lave-vaisselle tout en bougonnant, faisant claquer les portes des placards et s'entrechoquer les casseroles. Il avait neigé toute la nuit et la maison de Victor était coupée du monde. Le carrier connaissait sa région et savait que, dès le lendemain, le tapis blanc qui recouvrait le paysage serait déjà transformé en une étendue de boue brunâtre libérant ainsi les accès. L'atelier serait silencieux pour la journée et Victor goûtait au plaisir de ce calme ouaté qui les environnait. Augustin, lui, se sentait prisonnier et détestait ça.

— Tu n'es qu'un con, dit-il à Victor qui lisait, confortablement installé près de la cheminée.

— Allons bon ! Mais de quoi parles-tu ?

— De Guillemette, bien sûr. C'est une chouette fille. Intelligente, gaie, discrète.

— Tout à fait d'accord !

— Indépendante aussi, ça compte. Et si mes oreilles ne me trompent pas, je te rappelle que mon studio est contigu à ta chambre, votre entente n'est pas qu'intellectuelle.

— Et alors ? Où veux-tu en venir ?

— À quel jeu joues-tu avec elle ?

— Je ne joue pas. Tu as raison, c'est une fille formidable, je m'entends très bien avec elle sur tous les plans. Mais je ne l'aime pas.

— Combien de temps, encore, vas-tu vivre dans le passé ? Ta femme est morte et ne reviendra pas. La passion que tu as eue pour elle va-t-elle te fermer définitivement à d'autres histoires ?

— Non, bien sûr. Mais je ne suis pas encore prêt.

— Tu as raison, du haut de tes soixante-quatre ans, tu as tout le temps. Allez, une bonne dizaine d'années encore et tu pourras envisager d'aimer à nouveau !

— Imbécile, va ! Guillemette ne me fait pas perdre la tête, un point c'est tout. C'est une bonne copine, ça s'arrête là.

— Parfait. Voilà une nana avec qui tu partages tout, les mêmes codes, les mêmes intérêts et le sexe en prime… Que veux-tu de plus ? Revivre la passion de tes vingt ans ?

— Oui, exactement. Je veux vibrer, m'enflammer, tu comprends ? Et non juste être bien avec quelqu'un. J'ai envie de plus.

— Alors, laisse tomber et arrête de la voir. Elle mérite mieux que d'attendre de toi quelques miettes de ton temps ou de ton attention.

— Oh là là, quel donneur de leçon ! Occupe-toi d'abord de tes amours calamiteuses et tu pourras ensuite donner des conseils aux autres !

Victor sentit qu'il était allé trop loin et qu'il avait blessé son ami dont la vie sentimentale était un désert parsemé de cailloux tranchants. De temps à autre, un oued y coulait et quelques fleurs éphémères y poussaient, lui rendant l'espoir et le sourire. Mais cela ne durait jamais. Il était trop complexe pour garder longtemps une femme dans sa vie, alors, à chaque fois, il se retrouvait seul et meurtri.

Victor se leva et sortit de dessous le bar une bouteille de rosé de Philippe Delagre, pas vraiment la saison mais toujours bon pour un apéritif réconciliatoire. Un saucisson, le pain de campagne de la veille, encore frais, un pot de pâté de foie de volaille qu'il fabriquait lui-même, à ses heures perdues. Il déposa le tout sur la petite table près de la cheminée et tenta de faire diversion. Le Gros chassa le matou gris confortablement installé sur le deuxième fauteuil et prit sa place.

— Comment ça se passe avec le disque posthume de Yann ? reprit Victor pour changer de sujet.

— Un carton ! La maison de disques a dépassé de loin les prévisions des ventes, il a fallu rééditer en cette période de Noël, même la FNAC de la rue Sainte-Catherine était en rupture de stock.

— Quel gâchis de n'avoir pas débuté votre coopération plus tôt ! Mais qui aurait pu deviner cette fin tragique ? D'ailleurs Guillemette piétine toujours, ça la rend folle de ne pas trouver le coupable !

— Ça ne m'étonne pas…

— Comment ça ? Tu sais quelque chose ?

— Non, pourquoi ? C'est juste qu'elle semble manquer d'indices, voilà tout.

Victor sentit le trouble de son ami. Augustin était trop honnête pour être un bon menteur. Il faudrait en parler à Guillemette, avec sa gentillesse et son tact, elle réussirait peut-être à lui tirer les vers du nez.

— Et toi qui as suivi ça de près, tu sais à qui profite tout l'argent généré par la vente du disque de Yann ?

— Aucune idée ! Yann était très secret, tu le sais aussi bien que moi, je n'étais pas dans ses confidences… Une association caritative, peut-être ? Pour les femmes battues, si ça se trouve, en souvenir de son enfance…

— Ça se saurait, tu ne crois pas ?

— Je ne crois rien et tu m'agaces avec toutes tes questions. Allez, prenons cet apéritif et parlons d'autre chose.

Victor n'insista pas. Il savait qu'Augustin avait accompli enfin, à la soixantaine passée, son rêve de devenir parolier. Et pour un premier coup, c'était un coup de maître. Voir ses espérances brisées à peine écloses était douloureux. Aurait-il le courage et la confiance en lui nécessaires pour aller démarcher d'autres chanteurs, d'autres musiciens ? Rien n'était moins sûr…

L'après-midi se passa calmement, les voix de JJ Cale, Dylan et Norah Jones meublèrent les silences tandis qu'ils disputaient des parties de Scrabble acharnées. Seul un bruit de moteur de deux-roues troubla momentanément leur concentration, un jeune qui s'était aventuré par mégarde sur leur chemin, sans doute. Cela arrivait fréquemment. Ils ne se donnèrent même pas la peine de sortir pour vérifier.

Vers seize heures, Augustin commença à montrer des signes d'impatience. Le Scrabble ne l'amusait plus et rester enfermé finissait par lui peser. Il partit vers son studio et revint peu après, emmitouflé comme pour les sports d'hiver. Victor ne put s'empêcher d'éclater d'un grand rire.

— Mais que fais-tu dans cet accoutrement ?

— Je sors. Je n'en peux plus de rester planté là, j'ai besoin d'air. Je vais rendre une petite visite à Philippe et Delphine.

— Mais si la route est impraticable, que vas-tu faire ?

— Eh bien ! Justement, je me suis équipé au cas où je devrais abandonner ma voiture et faire le reste du chemin à pied.

Victor savait d'expérience qu'il était inutile de tenter de le raisonner. Le Gros était un électron libre, il fallait le laisser vivre sa vie. Et c'était un bon marcheur, il n'aurait aucune peine à faire les dix kilomètres qui les séparaient de la propriété de leurs amis.

— Alors, sois prudent. Et n'oublie pas de m'envoyer un petit SMS quand tu arriveras.

— Oui, mère-grand, ironisa Le Gros avant de refermer la porte derrière lui.

Victor entendit ronfler le moteur de la vieille Peugeot d'Augustin, puis celle-ci s'éloigna lentement. Il rajouta une bûche dans le feu, se cala confortablement dans son fauteuil et reprit sa lecture avec délectation.

Augustin n'en menait pas large. Il avait fait le fanfaron devant son ami car il était prêt à affronter tous les dangers pour éviter de nouvelles questions. Combien de temps tiendrait-il encore sans trahir la promesse qu'il avait faite à Yann ? On ne trahit pas un vivant, alors un mort, encore moins. Mais la pression devenait forte, sans compter qu'il voyait souvent Guillemette. Trop souvent.

Sur la chaussée glissante, la voiture progressait doucement. Heureusement, le dégel avait ramolli la neige et les pneus accrochaient suffisamment pour tenir le cap. Il était seul sur la route, c'était un autre avantage, il pouvait se permettre quelques petites embardées sans conséquence. Plus qu'un kilomètre à parcourir et l'allée de la propriété des Delagre apparaîtrait derrière les deux virages un peu raides qui surplombaient le coteau où les vignes de Philippe s'alignaient joliment sous le manteau neigeux. Il resterait dormir ce soir chez ses amis, hors de question de faire le chemin inverse. D'ailleurs, les Delagre étaient des hôtes charmants, la cave de Philippe recelait toujours quelque bonne surprise et la cuisine de Delphine valait le détour. Il franchit le premier virage sans encombre mais la Peugeot commençait à prendre un peu trop de vitesse. Il freina en douceur. En vain. Plus rudement. Toujours aucune réponse. La voiture prenait de la vitesse, trop, beaucoup trop. Le deuxième virage approchait. Paniqué, le pied écrasant la pédale de frein, Augustin donna un coup de volant pour tenter de rester sur la bonne trajectoire. La voiture glissa, quitta la route et s'envola vers les vignes dans un nuage poudreux de neige scintillante.

Guillemette gara sa voiture tout près de la cathédrale. Elle n'avait pas résisté au plaisir de faire un crochet par Bayonne après sa longue journée passée dans la maison de retraite de Guéthary où son père finissait tranquillement sa vie, près de la mer qu'il avait toujours tant aimée. Elle avait partagé son déjeuner dans le réfectoire des résidents, une épreuve rythmée par le claquement des dentiers, puis avait poussé vaillamment sa chaise roulante dans les allées du vaste jardin surplombant les flots. L'air était frais mais rester enfermée dans cet endroit qui sentait la vieillesse et l'ennui était au-dessus de ses forces.

Bien que terrassé par une hémorragie cérébrale qui l'avait laissé partiellement paralysé, son père avait gardé un esprit vif et un humour corrosif qui rendaient leurs bavardages plutôt agréables. Mais Guillemette était trop préoccupée pour bien en profiter. À intervalles réguliers, ses pensées vagabondaient vers Bordeaux, ses enquêtes et Victor.

Elle avait revu le carrier plusieurs fois depuis le fameux dîner dans son appartement mais ne savait pas trop sur quel pied danser avec lui. Leurs étreintes étaient toujours fougueuses, leurs conversations animées, leur complicité réelle, mais elle percevait chez lui la volonté de maintenir une distance, de ne pas donner d'ampleur à leur relation comme s'il voulait à tout prix préserver sa liberté.

La mort inattendue d'Augustin n'avait pas arrangé les choses. Le Gros était comme son frère, c'était sa moitié, son âme sœur, comme il aimait à le dire. Le perdre aussi brutalement avait anéanti Victor qui s'était muré dans son chagrin et dans le silence. Une détresse dans laquelle Guillemette n'avait pas de place. Elle était restée dans son rôle de flic, diligentant une enquête vite close. Louis s'était rendu sur les lieux de l'accident avec la scientifique. La voiture d'Augustin avait fait plusieurs tonneaux avant de s'embraser, il n'en restait rien. Et d'Augustin encore moins. Un accident, ça ne faisait aucun doute, on avait rapidement classé l'affaire.

Quant aux autres enquêtes en cours, la capitaine butait toujours sur la mort du tailleur de pierre alors qu'elle avançait à grands pas sur celle du gitan grâce à la perquisition menée dans le camp. L'arrestation du frère du petit cambrioleur, un certain Sofiane, avait permis de démanteler un réseau de trafic de drogue local plus étendu qu'il n'y paraissait de prime abord. Les *dealers* de Castillon semblaient, en effet, inféodés depuis peu à un réseau très structuré du Médoc.

Gros trafiquants, grosses livraisons, grosses distributions… Et c'est là que Jason avait refait surface. Son rôle dans l'écoulement de la cocaïne colombienne à travers certains camps de gitans du sud de la France, Toulouse et Montpellier en tête, était incontestable. Une perquisition menée au domicile du petit caïd castillonnais les avait conduits jusqu'à l'entrepôt que possédait celui-ci sur les quais bordant la Dordogne. Et là, c'est un autre genre de trafic que les gendarmes avaient découvert : chambre froide, caisses en bois, lieuses, tout le matériel nécessaire pour le conditionnement et le stockage des plants de vigne. Sofiane, gentiment mais habilement secoué par ses collègues de la brigade des stups, avait fini par avouer le nom de ses complices. Et, comme une récompense pour tous leurs efforts depuis septembre, le nom de Wagner était sorti du panier. Wagner Cholme, le facho, le chef du service d'ordre du parti du Renouveau, le guitariste raté, l'ennemi juré de Yann Couderc. Ennemi jusqu'à quel point ? Jusqu'à dévisser les écrous de sécurité d'une passerelle de chantier pour lui faire faire le saut de l'ange ? Cette fois-ci l'homme, une nouvelle fois cueilli à son domicile, avait été mis en examen pour trafics de drogue et de plants de vigne. En attendant mieux. Désormais, il resterait au trou pour un bon moment, une satisfaction pour toute l'équipe.

Hélas, Guillemette butait toujours sur l'interaction entre les recherches de Yann et l'étang de Laubian. Et sur le rôle de madame Fontanelle. L'enquête de voisinage menée par Léa et Jérôme avait renvoyé d'elle l'image d'une personne efficace et honnête, au-dessus de tout soupçon. Et lors de l'entrevue que la capitaine avait eue avec elle, la maire était restée distante, très à l'aise dans son rôle d'élue irréprochable. Qu'une bande d'écolos agités soit venue faire du ramdam sur ses terres, elle ne le démentait pas, mais c'est sur eux qu'elle en rejetait les fâcheuses conséquences.

Guillemette entra dans la cathédrale par le portail nord et s'arrêta deux minutes pour admirer le petit tailleur de pierre si habilement sculpté en haut d'une colonne. Yann n'était jamais très loin de ses pensées, d'une manière ou d'une autre. L'intérieur de la cathédrale était glacial. Elle passa devant une crèche joliment installée. Entourant les protagonistes de la Nativité, tout un petit monde d'artisans, de paysans et de pêcheurs répétaient leur tâche, actionnés par des mécanismes sophistiqués. Durant quelques secondes, elle retrouva son âme d'enfant et s'émerveilla devant ce charmant spectacle. Puis elle pensa à Noël qu'elle passerait probablement seule. Son humeur s'assombrit davantage.

Assise sur un banc de bois, sous la magnifique voûte aux élégantes ogives de pierre, Guillemette se sentait plus proche que jamais du tailleur de pierre et du carrier. Elle ressentait dans la majesté des lieux l'ardeur, la foi, l'enthousiasme qui avaient poussé des centaines d'artisans comme eux à participer à cette impressionnante construction. La pierre, la sculpture, l'amour, la beauté. Et tout à coup, comme une fulgurance, elle sut où elle trouverait les renseignements que Yann avait cachés.

Voilà plusieurs minutes que Guillemette tambourinait à la porte de Victor, en vain. Il était déjà tard et l'atelier était désert. Elle contourna la maison et s'approcha du studio qu'Augustin occupait lors de ses séjours dans la région. Un calme profond régnait. Elle poussa doucement la porte. Victor était assis devant le bureau, concentré sur la lecture de feuillets noircis d'une écriture fine et chaotique, un verre de vin à la main. Une bouteille presque vide avait taché de cercles irréguliers le bois blond de la table. Le cœur de Guillemette se serra, le carrier semblait l'ombre de lui-même, mal rasé, négligé, les cheveux en désordre et le teint blafard. Elle s'approcha doucement et posa une main sur son épaule. Victor sursauta, leva la tête vers elle. Dans ses yeux elle lut un mélange de surprise, de plaisir et de profonde tristesse.

— C'est l'article d'Augustin sur Catherine Ringer, lui expliqua-t-il en désignant les feuilles pêle-mêle sur le bureau.

— Il l'avait donc enfin écrit ?

— Oui, presque terminé, il ne manque qu'une conclusion... Et sa signature, bien sûr. C'est vraiment génial comme texte ! Quand je pense que je me suis tellement moqué de lui à ce propos, le traitant de tous les noms parce qu'il n'allait jamais au bout des choses. Sa réputation de paresseux m'a aveuglé...

Attirant Guillemette tout contre lui, il enfouit la tête dans son pull. Elle caressa ses cheveux, désemparée devant tant de chagrin.

— Rentrons dans la maison, lui suggéra-t-elle après quelques instants. Rester ici ne sert à rien. Et je crois que je tiens quelque chose d'important, je dois vérifier. Allez, courage !

Victor se leva lourdement et suivit Guillemette. La chaleur de la grande pièce les réconforta un peu. Tandis que Victor cherchait dans le réfrigérateur de quoi préparer un semblant de dîner, Guillemette s'approcha de la cheminée. À côté des deux statuettes habituelles, trônait le buste de la jeune fille sculpté par Yann. La capitaine n'avait pas eu le cœur de le laisser dans la froideur de l'atelier et l'avait récupéré récemment. Elle prit précautionneusement la sculpture et l'examina sous toutes les coutures. Quand elle la retourna, elle aperçut, presque invisible dans la pierre, une fine rayure qui quadrillait la base.

— Viens voir, cria-t-elle à Victor, la gorge nouée d'émotion.

Le carrier s'approcha et examina à son tour attentivement le buste de pierre.

— Cette pièce a été rajoutée, ça ne fait aucun doute. Attends deux secondes, je file à l'atelier chercher un poinçon...

Quelques instants plus tard il était de retour, ramenant dans son sillage une bouffée d'air froid de l'extérieur. Guillemette frissonna. Voilà des semaines qu'elle cherchait une réponse à ses questions, elle touchait peut-être du doigt la solution. Enfin !

Délicatement, Victor entreprit de creuser la pierre le long des rayures. Plusieurs minutes passèrent avant que le carré de calcaire ne se détache enfin. Une cavité apparut, dans laquelle était logée une clé USB. Guillemette s'en saisit puis embrassa fougueusement son ami.

— Vite, vite, ton ordi !

Déposant l'ordinateur sur le bar ils introduisirent la clé, attendant côte à côte, émus et impatients, qu'elle livre enfin ses secrets. Deux vidéos y étaient stockées. Ils ouvrirent la première, Yann apparut en gros plan sur l'écran.

Guillemette ne trouvait pas le sommeil. La soirée avait été longue. Épuisé par les émotions, Victor avait remplacé les assauts habituels par une infinie tendresse, multipliant les caresses et la gardant serrée tout contre lui. Elle attendit le léger ronflement annonciateur d'un profond sommeil pour se dégager des bras de son amant et se leva pour boire un verre d'eau.

Jusqu'alors, pour Guillemette, Yann n'était qu'un cadavre. Voilà que ce soir il avait pris corps et vie, un jeune homme dynamique, curieux, obstiné. Et touchant. Un investigateur hors pair, avec ça. Grâce aux vidéos, elle savait enfin ce qui reliait le jeune homme à madame Fontanelle. Mais rien d'autre. Déçue de n'avoir pas encore toutes les réponses, la capitaine sut qu'il serait inutile de retourner se coucher, le sommeil ne viendrait pas. Elle retourna sur la pointe des pieds dans la chambre de Victor pour récupérer ses vêtements et, laissant un mot sur le bar, elle reprit la route de Bordeaux. Chez elle, il lui serait sans doute plus facile de mettre de l'ordre dans ses idées.

Mi-septembre 2016
Patrice

Patrice vérifia la vidéo. La prise de vue était bonne, le son aussi, il ne lui restait plus qu'à transférer le tout sur son ordinateur et donner la clé USB à Yann. Un petit coup de main que son ami lui avait demandé et qu'il lui donnait bien volontiers, non seulement parce qu'il l'admirait comme musicien mais aussi comme militant engagé. Yann ne faisait rien à moitié et c'est une qualité qui devenait rare. Il avait beaucoup plu ces trois derniers jours et la terre grasse des champs qu'ils traversaient pour revenir à leurs voitures collait à leurs bottes de caoutchouc, rendant chacun de leur pas lourd et maladroit. Après un printemps et un été caniculaires doublés d'une sécheresse persistante qui inquiétait les agriculteurs, cette pluie était bienvenue, sonnant les prémices d'un automne que certains attendaient avec soulagement.

Indéniablement, l'endroit était joli. Les eaux de l'étang s'irisaient de nuances bleues et vertes sous la brise légère et la végétation touffue formait un écrin de verdure frais et apaisant. Patrice se dit qu'il reviendrait, seul certainement, mais surtout accompagné, c'était vraiment l'endroit idéal pour emballer une fille. Yann l'interpella :

— Pas un mot de tout ça, tu t'en souviens ? J'ai encore pas mal de vérifications à faire, la moindre fuite pourrait compromettre toute notre affaire.

— Pas de souci, je te l'ai promis. Demain, je t'apporterai les résultats des prélèvements que nous avons faits hier. Et la clé, évidemment.

— Formidable ! Tu as le temps de prendre un verre ?

— Non, hélas ! Je reprends le boulot à quatorze heures, je dois filer si je ne veux pas être en retard. Inutile d'attirer l'attention sur moi, si tu vois ce que je veux dire !

— Bien sûr ! approuva Yann en le saluant d'un geste de la main.

Plutôt que de regagner sa voiture, Yann décida de s'octroyer un peu de temps libre. Victor n'était pas sur ses basques, il lui faisait une confiance aveugle pour l'avancée du travail à la cathédrale. Alors, il n'était pas rare qu'il prenne quelques libertés avec les horaires, compensant toujours les heures perdues, donnant même largement plus de son temps qu'il n'était prévu dans le contrat.

Il s'engagea sur un sentier broussailleux qui contournait le lac et menait aux vignes proches. Surplombant les eaux dormantes, celles-ci portaient d'opulentes grappes aux reflets satinés. Les feuilles avaient été soigneusement ôtées pour laisser les rayons du soleil atteindre au mieux les grains jusqu'aux vendanges qui approchaient. Les viticulteurs étaient optimistes, et, déjà, on sentait monter l'excitation des préparatifs. Devant les chais, les presses, les tapis de tri, les barriques vides, tout était sorti pour le grand nettoyage. Dans certaines propriétés, c'était le camion de mise en bouteille qui occupait la place, il fallait bien vider les cuves avant la nouvelle récolte. Yann aimait cette ambiance survoltée qu'il avait connue dans le Médoc de son enfance. Bientôt, ce serait les cris joyeux des vendangeurs dans les rangs de vigne, le ronron des tracteurs tirant les remorques chargées de cagettes, les effluves enivrants.

Il eut une pensée émue pour sa mère. La petite visite qu'il lui avait rendue le week-end précédent l'avait bouleversé plus qu'il ne l'aurait cru. Il n'aimait pas retourner dans sa maison de Milon où chaque recoin, chaque meuble, lui rappelait sa triste enfance. Mais le pire pour lui avait été, après quelques heures passées ensemble, de l'abandonner encore à son triste sort. Il avait essayé à nouveau de la convaincre de partir, de refaire sa vie ailleurs. Dorénavant, il avait les moyens de l'aider dans ce projet. Mais elle n'avait rien voulu entendre, niant comme toujours sa condition de victime. Impuissant, il était reparti la mort dans l'âme, avec la mauvaise conscience de celui qui sait et ne fait rien.

Yann avait donné à sa mère l'enveloppe de billets avec la consigne de ne la remettre qu'à Jessica. Ou à la police, si elle venait. Tel le Petit Poucet, il semait ses cailloux et celui-ci était le premier. Il avait assuré l'avenir proche de la jeune fille en signant chez le notaire une donation sur ses droits d'auteur au cas où les ventes du CD enregistré dans les Landes décolleraient vraiment. Le Gros était plus qu'optimiste, la maison de disques aussi, du coup il devenait confiant. Alors, l'enveloppe serait pour elle un bonus.

Il ne savait plus trop quoi penser de sa relation avec Jessica. À l'heure d'accomplir le plan qu'il préparait depuis plusieurs jours, certains doutes le taraudaient. Elle était si jeune, si pleine de vie, si prometteuse. Les sentiments qu'elle disait éprouver pour lui étaient-ils sincères? Le dernier rendez-vous avec le professeur Véry avait anéanti ses ultimes espoirs de s'en sortir indemne. Et pourtant, de façon absurde, il se prenait encore à rêver d'une vie pleine et entière aux côtés de la jeune femme. Cette idée seule l'avait tellement enthousiasmé qu'il en avait composé une nouvelle chanson, une musique étourdissante où les solos de guitare dominaient, ponctués des paroles du Gros ciselées sur mesure, barbouillées en vitesse sur la nappe en papier du bar où ils s'étaient retrouvés. Un petit bijou à enregistrer au plus tôt. Il l'aurait volontiers baptisée *In the mood for love* si Bryan Ferry et d'autres n'étaient déjà passés par là.

Son addiction à Jessica était totale, mais l'inverse était-il vrai ? Que pouvait-elle attendre d'une vie avec lui ? Plus vieux, amoché, taciturne, que pouvait-il lui offrir à long terme sinon une protection matérielle qui lui permettrait de sortir de cette vie toute tracée dont la jeune femme ne voulait pas ? Et si son attachement à lui, depuis le début, ne tenait qu'à ça? Le doute, soudain, s'insinua en lui comme un poison.

Chassant un moustique qui le harcelait, il s'assit sur une pierre à l'ombre d'un frêne. Le soleil était au zénith et la chaleur devenait palpable, lourde, presque assommante. Pourtant, le froid s'insinuait en lui. Devant l'infinie douceur du paysage, dans ce calme bienfaisant, il se sentit tout à coup terriblement seul, terriblement perdu. Son courage l'abandonnait. Et pour la première fois depuis longtemps, si longtemps qu'il n'en gardait pas même le souvenir, il se mit à pleurer.

Le lendemain, comme promis, Patrice apporta au loft les documents compromettants. Il s'en débarrassa avec soulagement, il n'était pas du genre à faire des vagues. Et puis il était jeune, juste au début de sa carrière. À la campagne où tout le monde se connaissait, il valait mieux éviter d'être dans le collimateur des personnalités locales, ça pouvait vous faire plus de tort encore qu'on ne l'imaginait. Il n'avait vraiment pas envie de perdre son boulot et de partir ailleurs, même pour une bonne cause. Yann, lui, ne risquait pas grand-chose, il avait pignon sur rue et se chargerait très bien du grand ménage, il en était certain.

Le laborantin ne s'attarda pas, prenant à peine le temps de boire un café. Yann choisit un album de Dylan parmi les centaines de disques serrés sur les étagères, *Empire burlesque*, un titre qui faisait étrangement écho à la situation. Une tasse fumante à la main, il s'assit devant son bureau et ouvrit le dossier vert dans lequel il ajouta les documents apportés par son ami. Aujourd'hui, le chantier était fermé pour cause de manifestation, la cathédrale étant le point de ralliement des manifestants de tout poil qui venaient crier leur mécontentement devant l'Hôtel de Ville. Il allait en profiter pour terminer son travail d'archivage. Méthodiquement, il scanna les résultats des dernières analyses effectuées sur les eaux de l'étang.

Comme il s'en doutait, le taux des bactéries leptospires, déjà anormalement élevé en août, avait grimpé de façon inquiétante. Présentes dans les urines des rats musqués, très nombreux sur les berges touffues du lac, elles pouvaient contaminer facilement les baigneurs par les yeux, la bouche, le nez ou par de simples écorchures sur la peau. Une porte ouverte pour une maladie dangereuse et parfois mortelle, la leptospirose, dont les symptômes allaient de la simple fièvre accompagnée de migraine à l'atteinte d'organes vitaux comme le rein, le cœur, le foie, les méninges. Patrice avait ajouté à l'analyse biologique des photographies pour le moins éloquentes de malades en réanimation, les plus impressionnantes étant incontestablement celles des patients atteints de convulsions et d'hémorragies de la peau ou des muqueuses. Sacré Patrice, il était vraiment efficace !

À plusieurs reprises, devant la recrudescence de ces rats, le mouvement écologiste qui surveillait la zone avait alerté madame Fontanelle, lui demandant de lancer au plus tôt une campagne de chasse permettant de faire baisser cette faune indésirable. Elle avait tout à y gagner, satisfaisant par la même occasion les chasseurs, nombreux dans le coin. Mais la maire, qui n'aimait pas trop qu'on se balade sur ses terres, avait continué de faire la sourde oreille. Maintenant le mal était fait, il était trop tard.

La deuxième biologie concernait « les fleurs d'eau », cette mince pellicule bleue ou verte qui formait un joli camaïeu, par endroits, sur les eaux de l'étang. En réalité, des cyanobactéries génératrices de toxines responsables au mieux de vomissements, de diarrhées et d'allergies, au pire de cancers ou de paralysies. Là encore, c'est au contact de la peau ou par ingestion que les baigneurs pouvaient être contaminés. Peu nombreuses au début, ces bactéries avaient proliféré sous l'effet conjoint des rejets domestiques et agricoles de phosphates et de nitrates dans l'eau de la rivière alimentant l'étang et de l'empêchement, par le barrage, d'une circulation plus fluide des eaux, ce qui aggravait encore la situation. Un barrage déjà pointé du doigt pour sa dangerosité. Là aussi, aucun doute n'était permis, le taux avait grimpé en flèche.

Yann était en colère. La situation s'était considérablement dégradée. Madame Fontanelle connaissait les risques depuis le printemps et n'avait rien fait pour y remédier. Pire, elle s'apprêtait à alimenter par les eaux de son étang une base nautique qui devait attirer, avec le golf, des centaines de touristes !

Yann enregistra le tout sur sa clé USB, à la suite des vidéos, puis il détruisit les papiers. Rien ne devait traîner qui puisse mettre Jessica en danger. Lors de leur récente entrevue, madame Fontanelle avait été très claire sur le sujet : au moindre dérapage elle enverrait son molosse, cet imbécile de Wagner, contre la jeune fille. Il fallait donc cacher les informations, mais de façon à ce qu'on les découvre. La police, si possible. Troisième petit caillou puisque le deuxième, c'est Wagner lui-même qui l'avait semé sans le savoir. Satisfait du tour que prenaient les événements, Yann empoigna son téléphone pour donner rendez-vous à Jess. Il voulait lui montrer tous les détails de ses investigations mais surtout il voulait la voir, l'entendre, la sentir, rire et faire l'amour avec elle encore et encore. Profiter du présent jusqu'à la satiété, jusqu'à l'indigestion. Le reste n'avait aucune importance.

Noël 2016

ELLE

Louis faisait les cent pas dans le bureau de la capitaine en attendant Léa qui était en retard comme souvent. Les dossiers qu'il devait traiter s'empilaient sur la table et il détestait ça. De toute façon, il détestait la paperasse sous toutes ses formes, une phobie administrative comme il disait, ce qui faisait sourire ses collègues, Jérôme et Léa en tête. Mais ils souriaient en cachette, Louis manquait cruellement d'humour.

Jérôme lisait ses mails sur son téléphone tandis que Guillemette préparait le vidéoprojecteur destiné à visionner, avec son équipe, les témoignages de Yann. La porte s'ouvrit enfin sur une Léa rouge et confuse.

— Désolée, encore ces satanés bouchons ! J'ai beau prévoir une marge de manœuvre, chaque jour c'est pire !

— T'as qu'à prendre ton vélo, par la même occasion ça te musclera, bougonna Louis.

— Sympa ! Je voudrais t'y voir, pédaler quinze kilomètres avec ce froid de gueux, tu crois que c'est marrant ?

— Bon, ça suffit ! intervint Guillemette pour calmer ses troupes. Un peu d'attention, s'il vous plaît.

Elle lança la première vidéo. Puis la seconde. Quelques minutes plus tard, ils faisaient le point.

— C'est évident que la vieille voulait la peau du petit tailleur. Il était comme une tique pour elle, toujours sur son dos et il ne lâchait pas prise ! commenta Jérôme.

— Oui, les déformations du barrage filmées en gros plan avec travelling ensuite sur la piste cyclable en contrebas, c'était déjà du lourd ! Que personne n'en ait tenu compte malgré les avertissements de Yann et des écolos, c'est tout bonnement incroyable !

— Et j'imagine qu'elle a dû perdre son dentier quand il lui a balancé sous le nez les résultats du laboratoire sur les dernières analyses des eaux de l'étang.

— Finalement, demanda Léa, c'est un peu le même problème que dans la baie de Somme ou sur certaines plages de Bretagne, non ?

— En gros, oui, répliqua Louis. Sauf qu'ici il s'agit d'une algue d'eau douce, l'algue bleue. Elle s'est plu dans les eaux de l'étang de Laubian, proliférant de façon incontrôlable. Un peu le même problème que les écrevisses de Louisiane qui font déjà tant de dégâts dans la région sur les écosystèmes qu'elles colonisent. D'ailleurs, il doit y en avoir plein là-bas.

— Oui, mais les écrevisses, tu peux toujours les mettre à la casserole, plutôt sympa comme plat ! Tandis que là, ce sont les baigneurs qui dégustent… railla Jérôme.

— Sans compter l'histoire des rats musqués… Mais quelle horreur ! Un sacré scandale sanitaire à la clé si je résume ?

— Oui, et de taille, intervint Guillemette. Yann prouve la dangerosité des eaux de l'étang, il met madame Fontanelle face à ses responsabilités dans le projet d'alimentation de la base nautique du futur golf, elle panique, elle a trop à y perdre… Là, il fait mouche en lui faisant acheter son silence. Sous le portrait du président de la République, en prime. Plutôt bon cameraman, le gars, avec son téléphone caché !

— Eh bien, au moins, on sait maintenant d'où viennent les sept mille euros restants de l'enveloppe.

— Mais comment une maire peut-elle faire passer ses intérêts avant la santé de ses concitoyens ? Ça me sidère !

— La candeur de la jeunesse, que c'est beau ! se moqua Louis.

— Alors, d'après vous, elle était capable d'aller plus loin pour s'assurer une tranquillité définitive ?

— Tu veux dire, lui envoyer Wagner pour une petite leçon de vol plané ?

— Pourquoi pas ? Dès demain, Louis et Jérôme vous filez à la prison de Gradignan pour le cuisiner à nouveau. Quant à moi, j'appelle le procureur Ancelin afin d'obtenir au plus vite l'autorisation de faire une perquisition au domicile de la mère Fontanelle. Léa, tu viendras avec moi.

Depuis une semaine, Laure Fontanelle vivait l'enfer. Sa maison fouillée, elle-même arrêtée, interrogée, enfermée dans une cellule. La garde-à-vue avait été évitée de justesse, pour le moment. Elle ne devait ce répit qu'à l'intervention du préfet, un ami d'Armand qui partait chasser avec lui en Espagne quand ses obligations lui laissaient un peu de temps libre. Armand qui avait remué ciel et terre pour la sortir de cet infernal guêpier. Armand, discret mais efficace, dont elle avait pourtant si souvent occulté la solidité et la bonté.

Elle savait que la trêve qui lui avait été accordée serait de courte durée, cette capitaine Iribarne semblait tenace, elle ne la lâcherait pas si facilement. Le procureur Ancelin non plus, un vrai teigneux qui avait bien réussi à faire inculper Wagner pour le meurtre de Yann : les menaces proférées contre lui, sa guitare, son ADN partout dans le loft, la mention de son groupe sur la palissade près de l'échafaudage de la cathédrale, comme une signature. Ces maigres preuves lui avaient suffi. Alors, pourquoi l'épargner, elle ? Le juge d'instruction chargé de l'affaire lui avait déjà notifié sa future mise en examen pour corruption et mise en danger de la vie d'autrui. Et ça ne faisait que commencer.

Et puis, comment lutter contre l'évidence ? Elle avait failli à sa tâche d'élue, elle avait trompé tout le monde y compris elle-même, trop aveuglée par l'appât du gain et de la réussite. Elle ne pourrait plus jamais affronter le regard des autres, ses collaborateurs, ses amis, sa famille. Dans trois jours ce serait Noël. Les enfants s'étaient annoncés, comme d'habitude, une chance encore qu'ils n'aient pas tout simplement annulé leur visite. Mais elle ne supportait pas l'idée qu'ils puissent entendre, entre la dinde et la bûche, la sirène d'une voiture de policiers venant l'arrêter une nouvelle fois.

Armand était parti faire des courses. La maison silencieuse, les tableaux des ancêtres, les armoiries au-dessus de la cheminée, tout était pour elle comme un vivant reproche. Elle enfila ses bottes de caoutchouc, une veste chaude et sortit dans la cour où le ciel bas et gris était un blâme supplémentaire. Elle descendit vers l'étang. Sur la berge, une petite barque était amarrée. Elle décrocha le filin, s'assit sur le banc puis, empoignant les avirons, s'éloigna rapidement vers le large. Quand la distance lui parut suffisante, elle arrêta de ramer. La barque s'immobilisa dans un petit clapot. Les eaux profondes et sombres l'entouraient. Menaçantes. Une dernière fois, Laure parcourut du regard cet endroit qu'elle avait tant aimé, aimé jusqu'à en perdre la raison. Puis elle enjamba le frêle esquif, se laissant glisser vers l'onde noire. Elle savait que ses bottes, une fois remplies d'eau, l'entraîneraient vers le fond plus sûrement qu'une masse de fer. Elle ferma les yeux, le visage caressé par les algues et les hautes herbes qui s'emmêlaient dans ses cheveux dénoués.

Assise à la terrasse du bar *Le Régent*, Guillemette profitait des derniers rayons d'un pâle soleil, inespéré en cette veille de Noël. Elle attendait les membres de son équipe pour leur offrir du champagne, après tout, ils avaient bien travaillé durant ces trois derniers mois. Leur enquête était terminée même si la mort du petit tailleur de pierre n'était pas réellement élucidée. Bien qu'inculpé, Wagner niait toujours farouchement son implication. Aucune preuve solide contre lui, pas d'autre piste. Une affaire un jour classée *cold case*, comme dans la série télévisée ? Mais qui avait provoqué une série d'arrestations dont les gendarmes du coin les avaient félicités, le capitaine Duroc en tête. Des trafics démantelés, des malfaiteurs au trou pour de longues années, une belle réussite qui laissait pourtant à Guillemette un arrière-goût d'inachevé. Et la sensation désagréable d'avoir été manipulée. Elle s'en était ouverte à Victor qui s'était moqué d'elle, la traitant de paranoïaque. Après tout, il avait sans doute raison.

La mort de madame Fontanelle avait coupé court au scandale que ses malversations avaient provoqué. Le seul regret de Guillemette était pour le mari de l'élue, un pauvre homme qu'elle avait vu anéanti, perdu sur le canapé du grand salon où il avait tenu à lui offrir une tasse de thé quand elle était venue faire le constat du drame. Vieilli de dix ans, les mains tremblantes, les yeux hagards. Une victime de plus, un dégât collatéral comme dirait Jérôme, qui avait le sens de la formule.

Ses coéquipiers arrivèrent enfin et le champagne coula à flots. Guillemette voulait marquer le coup, ce n'était pas le moment de regarder à la dépense. Elle savait qu'elle était appréciée par l'équipe et que, désormais, ils pourraient continuer à travailler ensemble avec efficacité. D'ailleurs, à l'époque où les bourses se déliaient pour remplir la hotte du père Noël, elle n'avait personne à gâter le lendemain, autant se lâcher !

Elle se levait tout juste pour regagner son appartement quand son téléphone vibra. Un message de Victor : « Si tu aimes la dinde et le Haut-Brion 1961, rejoins-nous ce soir pour le réveillon, j'ai invité Philippe et Delphine. J'ai une nouvelle recette de farce aux marrons et pruneaux ». Pas vraiment un message d'amour. Désormais, elle avait la certitude que leur histoire ne durerait pas. Elle en éprouva un violent pincement au cœur.

Les guirlandes scintillantes décorant la rue Sainte-Catherine s'étaient allumées, donnant un air de fête à l'espace envahi de passants encombrés de paquets enrubannés. De faux pères Noël attiraient les clients vers les portes des magasins ouvertes comme autant de gueules béantes. De nouveaux monstres, ceux de la consommation, bien éloignés de ceux de la cathédrale.

Décidément, Guillemette n'aimait pas Noël. Après tout, une bonne amitié, c'était déjà bien. Quoique. On la disait têtue, très têtue. En passant devant une boutique de créateurs, une robe en soie vert d'eau à la coupe élégante attira son regard. Elle s'arrêta net, un grand sourire aux lèvres. Elle n'avait pas dit son dernier mot…

ELLE gara son scooter à l'entrée du petit chemin qui menait au loft. Elle n'était pas revenue là depuis leur dernière nuit, c'était trop douloureux. Mais il était grand temps de ramasser le courrier qui débordait de la grosse boîte métallique encore marquée du nom de son amoureux. Une chance qu'il ait collé le petit macaron PAS DE PUB. Il lui avait confié la clé de la boîte en même temps que la clé du loft. Une clé dont elle ne se servirait plus. Enfournant le tas d'enveloppes dans son sac en bandoulière, elle redémarra son scooter, cadeau de Yann pour son bac, et prit la direction de l'étang. Traversant à grandes enjambées la prairie de hautes herbes sèches, ELLE parvint à la cabane. Elle poussa la porte branlante et traversa la pièce poussiéreuse. Le soleil hivernal, déjà bas sur l'horizon, éclaboussait le ponton. Elle s'assit comme à l'accoutumée, le dos bien calé contre les planches de bois. Les eaux calmes s'étiraient en un plat miroir ridé seulement çà et là par le sillage de quelques canards. L'endroit était paisible. Qui aurait pu croire que, deux jours plus tôt, madame Fontanelle s'y était noyée ?

ELLE s'empara du tas de lettres et, rapidement, y jeta un coup d'œil : factures, relevés de comptes bancaires, lettre de l'Institut Bergonié, probablement une demande de don pour l'association Petit Prince dont Yann lui avait parlé, bulletin municipal... Inutile de perdre du temps avec tout ça. Elle prit le paquet et le jeta dans le lac. Les enveloppes flottèrent quelques instants puis s'enfoncèrent dans les eaux vertes. La mère Fontanelle aurait de la lecture !

ELLE ne devait pas rester trop longtemps, sa famille l'attendait pour la soirée de Noël. Angelo et Dalhia dont l'enfant ne tarderait pas à naître, Timy et les siens, Selena toujours seule. Et son mari, Kevin. Elle l'avait épousé trois semaines auparavant, un mariage dans la plus stricte intimité, pas de cérémonie du mouchoir, Kevin savait que c'était inutile. Il était plus âgé qu'elle et l'admirait depuis toujours. Quand sa femme l'avait quitté pour un gitan de Montpellier, un nouvel ami de Jason, il avait commencé sa cour. En vain. Jusqu'à ce mois de décembre où ELLE s'était décidée. C'était un homme bon et droit, elle serait bien avec lui. Elle pourrait poursuivre ses études grâce à l'argent de Yann et vivre la vie qu'elle avait choisie.

D'une certaine façon, elle avait vengé Kevin quand elle s'était vengée de Jason.

Ça avait été un jeu d'enfant de manipuler ce pauvre Adil, les garçons de son âge sont tellement naïfs quand ils sont amoureux. En scooter, ELLE avait suivi la voiture de Jason jusqu'à la planque des gros durs de Montalivet puis avait assisté à la fouille de sa voiture. Quelle rigolade de voir sa tête d'abruti quand ils avaient trouvé le sachet de drogue qu'elle y avait planqué. Quelle jouissance d'entendre ses hurlements de douleur quand ils essayaient de le faire avouer. Et, lorsqu'à la nuit tombée ils avaient déposé son corps ensanglanté sur le sable, quelle jubilation de crever ces yeux maudits qui avaient vu sa souillure.

Finalement, ELLE avait achevé le plan de Yann, avec méthode et précision. Son grand remords était pour Augustin, le seul qui aurait pu trahir son identité et le projet de son compagnon. Elle ne pouvait pas se le permettre. La mort dans l'âme, elle avait fait le nécessaire pour qu'il ne parle pas.

Éblouie par la lumière pourpre des derniers rayons du soleil couchant, ELLE ferma les yeux pour se remémorer ses derniers instants avec Yann. Ils étaient venus à la cabane le dernier après-midi, un pèlerinage sur le chemin de leur amour. Malgré la pluie, ils s'étaient baignés ensemble, nus, corps contre corps, glissant dans l'onde fraîche, se frôlant mais ne cédant jamais à l'envie qui déjà les enflammait. Il fallait la faire durer, la faire croître, toujours plus. De retour au loft, ELLE avait enfilé les dessous de satin et la robe blanche qu'elle avait achetés pour l'occasion. Dès la nuit tombée, ils avaient allumé la centaine de bougies qu'ils avaient disposées dans la grande pièce et, devant la baie vitrée illuminée de flammes clignotantes, ils s'étaient promis l'un à l'autre pour l'éternité. Ils avaient ensuite dégusté le souper fin préparé par Yann, accompagné d'un magnum de Cos d'Estournel 2009. Un clin d'œil au passé.

Puis il l'avait déshabillée, lentement, tendrement, goûtant à chaque parcelle de sa peau brune et sucrée tandis qu'elle le caressait avec avidité pour garder à jamais, au creux de sa paume, au bout de ses doigts, le souvenir de la douceur de ses boucles, de la carrure de ses épaules, de la puissance de son torse, de la fermeté de ses cuisses musclées. Quand leur désir atteint enfin son paroxysme, ils s'aimèrent jusqu'au bout de la nuit.

Cinq heures. L'heure de partir. ELLE s'était enfin endormie au creux de ses bras, chaude et confiante comme un chiot. Il s'était dégagé doucement, avait effleuré de ses lèvres une dernière fois ses cheveux, ses yeux, sa bouche. Puis, fermant doucement la porte derrière lui, il s'était enfoncé dans la nuit qui commençait à blanchir. Pour lui les jeux étaient faits, il n'avait plus d'espoir, alors il allait accomplir la vengeance qu'il avait préparée pour ELLE.

Le vide l'avait réveillée. Blottie au creux du lit, le nez enfoui dans l'oreiller de son homme pour en respirer encore un peu l'odeur, ELLE l'avait suivi en pensée. ELLE savait qu'il irait jusqu'à la cathédrale, qu'il grimperait tout en haut de l'échafaudage. ELLE le voyait dévisser les écrous, admirer une dernière fois ses compagnes, les gargouilles, la tour de la Grosse Cloche et tout au fond le fleuve paresseux. Puis fermer les yeux pour ne plus voir qu'ELLE, son grand amour. Et, comme un faux pas, basculer enfin lentement dans le vide.

Un ange, dépourvu des ailes des séraphins de sa chère cathédrale. Un ange dont la mort ouvrirait tout grand les portes de l'enfer à ceux qui lui avaient fait tant de mal…

L'air froid montant du lac la sortit de ses pensées. ELLE se leva pour regagner le camp. Brusquement, un léger tressaillement au creux de son ventre la troubla. L'enfant de Yann, pour la première fois, se manifestait.

Épilogue

Le professeur Véry s'assit cinq minutes dans la salle des infirmières. Elle était épuisée. C'était toujours le même scénario, entre Noël et le premier de l'an tout le monde désertait, ne restaient que les célibataires et les musulmans. Garde forcée, elle ne protestait même plus quand son nom apparaissait sur le tableau. L'habitude, sans doute. Étrangement, pour une fois, elle avait échappé à la garde de Noël mais n'avait pu se soustraire à celle du 31 décembre. Une drôle d'année écoulée, avec son lot habituel de drames et de joies, de réussites et d'échecs. Un cas lui trottait encore dans la tête. Le jeune tailleur de pierre, Yann Couderc. Un garçon bien mal parti, son cancer ne lui laissait que peu de chances de finir sur ses deux pieds. Pour ne pas dire qu'il en avait même déjà un dans la tombe. Ils en avaient longuement discuté dans la petite salle où elle recevait les patients pour faire tomber sur eux le couperet du fatal diagnostic. C'était un garçon cultivé et intéressant, ils avaient débattu des grands sujets du handicap et de la mort, la mort subie, la mort choisie. Un garçon qui préférait celle-ci à celui-là. Ça arrivait parfois.

Mais la donne avait changé quand des chercheurs de l'Institut Curie avaient publié, fin août, leurs conclusions sur l'immunothérapie. Des résultats très prometteurs pour certains cancers comme celui de Yann, la guérison était possible, l'infirmité évitée. Elle s'était empressée de lui envoyer un courrier, une lettre datée du 19 septembre, elle en était sûre, elle l'avait vérifié. Elle lui proposait de démarrer le traitement en urgence, il n'y avait pas un jour à perdre. Elle n'avait jamais compris pourquoi le jeune homme n'avait pas donné suite à sa proposition. Elle avait même demandé à sa secrétaire de l'appeler à plusieurs reprises, en vain. Aucune réponse, plus aucun signe de lui. Quel gâchis ! Une adolescente avait profité du programme à sa place, c'était une consolation. Encore une fois, la roue de la fortune avait tourné.

Le professeur Véry se leva pesamment. Sa garde était terminée, elle pouvait enfin partir. Une demi-bouteille de Roederer rosé l'attendait au frais pour fêter la nouvelle année. Elle s'éloigna dans le couloir sombre, croisant une infirmière qui se hâtait vers la lumière rouge clignotante d'une chambre derrière elle…

Remerciements

Merci à mes amies Hélène Bakleh et Marie Fieux qui m'ont encouragée, lorsque le doute m'assaillait, à poursuivre cette aventure.

Merci aussi au carrier Luis Torano ainsi qu'au major de police Alexandra Belaud et au sous-brigadier Raphaël Bilber de m'avoir accordé de leur temps et donné de précieuses informations sur leur profession.

Et merci encore à Jean-Jacques, incomparable souffleur d'histoires.

Dans la même collection

Le Bassin broie du noir, Fabrice Duffour, 2020
Le mystère Pradillac, Peter D. Mason, 2020

Achevé d'imprimer en février 2021
sur les presses de l'Imprimerie Maury à Millau (12)

Dépôt légal : mars 2021
N° d'impression : A21/60344L